愛經典

閱讀經典，成為更好的自己。

安托萬·德·聖-埃克蘇佩里 Antoine de Saint-Exupéry 著 劉君強 譯

風沙星辰

Terre des hommes

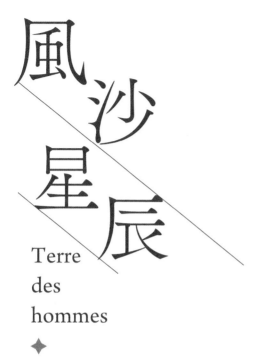

緣起

愛經典

卡爾維諾說：「『經典』即是具影響力的作品，在我們的想像中留下痕跡，並藏在潛意識中。正因『經典』有這種影響力，我們更要撥時間閱讀，接受『經典』為我們帶來的改變。」因著經典作品獨具的無窮魅力，時報出版公司特別引進「作家榜」品牌母公司大星文化策劃的「作家榜經典名著」，推出「愛經典」書系，期能為臺灣的經典閱讀提供最佳選擇。

這一系列作品，已出版近百本，累積良好口碑，榮登各大長銷榜。這些作家都經時代淬鍊，作品雋永，意義深遠。我們所選的譯者，許多都是優秀的詩人或作家，譯文流暢通順好讀，更能傳遞原創精神與文采意涵。因為經典，時報特別對每部作品皆以精裝裝幀，更顯質感，絕對是讀者閱讀與收藏經典的首選。

現在開始讀經典，成為更好的自己。

目次

亨利・吉奧麥[1]，
我的夥伴，
我把這本書獻給你。

1 亨利・吉奧麥（Henri Guillaumet，一九〇二－一九四〇）：聖-埃克蘇佩里的朋友，二十世紀初法國傳奇飛行員，為許多新航線的開闢做出了重要貢獻。

導讀

永遠的小王子

「很久很久以前，有個小王子，住在一個和他身子差不多大的星球上，他需要朋友……」

這是聖-埃克蘇佩里在那本最為我們熟知的《小王子》中的一句。這部只有三萬多字的中篇童話，一經出版，便收穫了無數讀者的喜愛。關於小王子的故事，作者曾說：「我不希望世人漫不經心地看這本書。」

事實上，不僅是《小王子》，在作者的其他作品，如《風沙星辰》和《夜間飛行》，甚至給家人的信件中，都有一種勾起你內心最溫暖情感的力量。可以說，這些文字就是小王子在童話世界以外的探險。你會發現，每讀幾行，就有某個句子、某個故事或者某個細節落進你的心裡，喚醒你曾經的記憶。不管你是一個多麼粗枝大葉的人，閱讀時都不會「漫不經心」。這就是經典的魅力：哪怕你初次閱讀，也會像你曾經讀過一樣；而你想真正讀懂它，或許需要一輩子。

作者：是小王子，也是空軍飛行員

在讀本書之前，我們先來瞭解一下作家聖-埃克蘇佩里吧。

聖-埃克蘇佩里全名安托萬·德·聖-埃克蘇佩里，一九〇〇年出生在法國的一個貴族家庭。他的祖父費爾南曾做過法國南部洛澤爾省副省長。父親讓·德·聖-埃克蘇佩里襲了爵位，三十三歲時迎娶同樣貴族出身的瑪麗·德·馮斯科隆布（母親家世襲男爵爵位），兩人育有五個孩子。安托萬排行第三，上有兩個姊姊，下有弟弟和妹妹。一九〇四年三月，讓·德·聖-埃克蘇佩里在里昂拉福德火車站突發腦溢血去世，安托萬年僅四歲。

父親去世後，母親瑪麗獨自撫養五個孩子。一九一七年，安托萬十七歲時，十五歲的弟弟弗朗索瓦因病去世。弟弟死前異常平靜地對安托萬說：「沒辦法，我就是快死了；什麼時候離開人世不是我能決定的，這是身體決定的。」弟弟還說：「你不要怕……我不難受，我不痛苦，你別忘記了，把這些寫下來吧……」弟弟的死深刻影響了安托萬對死亡的看法。在《小王子》中，小王子離開地球的時候也異常平靜。小王子還這樣談論自己的死並且安慰飛行員：「這就像扔掉一張老樹皮。那些老樹皮，不值得傷心……」

聖-埃克蘇佩里童年時期曾生活在里昂附近的聖莫里斯城堡，城堡裡至少有八個僕人和管家。他長著一頭金色的鬈髮，在城堡裡就像小王子一樣得到全家人的寵愛。良好的家庭教養與文化薰陶，讓全家人都極具文藝氣質。安托萬的兩個姊姊後來都成了作家，母親瑪麗也出版過詩集和回憶錄。

早在一九一二年，十二歲的安托萬就迷上了飛機，他在那個夏天經常騎自行車到離聖莫里斯不遠的昂貝略貝利埃弗爾機場找人瞭解飛機飛行的原理，並寫下了他的處女作，表達自己對飛機的癡迷——

機翼的顫動擾亂黑夜的呼吸／引擎的歌聲搖晃沉睡的靈魂／太陽塗抹我們，用蒼白的顏色

一九二一年四月，安托萬應徵入伍加入空軍，但擔任的是地勤工作。為了能駕駛飛機，他自掏兩千法郎學會了飛機駕駛，如願以償地成為飛行員。一九二二年十月，安托萬晉升少尉，調駐巴黎近郊布爾歇軍事機場。在巴黎，安托萬和同樣出身貴族的女作家路易絲訂了婚。一九二三年春天，安托萬遭遇第一次飛機失事，在布爾歇機場摔得頭骨破裂。康復後，路易絲家族極力反對他繼續當飛行員，安托萬不得不離開空軍。隨後，他在工廠擔任生產監督員。一九二三年秋天，他與路易絲感情破裂，解除婚約。接下來，他加入蘇勒卡車公司做銷售代表，陷入了人生的低谷。

一九二六年，安托萬受拉德高埃爾航空公司的聘請，重返藍天，執飛法國南部土魯斯和非洲達卡之間的郵政航線。一九二七年，安托萬被任命為摩洛哥朱比角基地負責人，他和三名技術人員在這個背靠沙漠、面臨大海的荒涼基地工作了一年多。一九二九年，安托萬被派駐南美，開拓南美航線。一九三五年十二月，安托萬和技師安德烈．普雷沃駕駛飛機參加巴黎－西貢航線競賽，試圖創造飛行速度紀錄。在經過二十小時的飛行後，飛機在撒哈拉沙漠墜毀。他和同伴在第四天被摩爾人發現並獲救，奇蹟般死裡逃生。

一九四〇年，法國被德國占領，安托萬流亡到美國。一九四三年四月，安托萬要求加入盟軍空軍，參加反法西斯戰爭；因為他年紀大，身體多處負傷，盟軍多次拒絕他的要求。最後，安托萬求見了美國駐地中海地區空軍司令，才終於得到允許。安托萬被分配到法國自由空軍第三十三飛行大隊第二中隊偵察機組，執飛 P-38 閃電戰鬥機。此時，他的年齡已經超出前線飛行員平均年齡八歲之多，是年齡最大的空軍飛行員。本來盟軍只允許他執行五次飛行偵察任務，但在他的堅持下，任務一再加碼。一九四四年七月三十一日，在執行第九次飛行偵察任務時，安托萬離奇失蹤，再也沒有回到人間。

安托萬失蹤後，他的母親和千萬個讀過《小王子》的讀者一樣，一直相信他還活著，只是像小王子一樣飛往了 B612 號星球。他的母親在詩中寫道：

他追求光明／於是飛越天際／迎向星辰／天國的朝聖者／是否安抵上帝的燈塔？／啊，若果真如此／在我的黑紗之下／淚水或可稍止

其實，就在安托萬執行偵察任務的前一天，德軍擊落了一架美國飛行員駕駛的閃電戰鬥機。從科西嘉島的盟軍基地肉眼可見飛機中彈後下墜的情形。這架飛機墜入了地中海，基地的無線電塔臺聽到了飛行員最後短促、淒厲的哀嚎。

但安托萬沒有退縮。第二天早上，他依然駕駛著 P-38 閃電戰鬥機從科西嘉島起飛，前往法國南部執行時長四小時的偵察任務。然而，四個小時過去了，飛機遲遲未見返回，塔臺也收不到安托萬的任何訊息。下午兩點半，大家不得不放棄希望了。當年九月，安托萬被正式宣布失蹤。

一九六七年，一塊石碑被安放在供奉著法國歷史上最傑出人物的先賢祠主殿的牆壁上，碑文寫著：

紀念安托萬・德・聖－埃克蘇佩里

詩人，小說家，飛行家

一九四四年七月三十一日執行飛行任務時失蹤

一九九八年九月七日，一個馬賽漁民在捕魚時撈到了刻有聖-埃克蘇佩里名字的銀手鏈。二〇〇三年，聖-埃克蘇佩里執行飛行任務時駕駛的 P-38 閃電戰鬥機在馬賽外海被發現，隨後飛機的起落架和照相機系統被打撈上來，並被保存在法國航空航太博物館。

星空與沙漠：是死亡之海，也是智慧之書

一九〇三年十二月十七日，萊特兄弟製造的第一架飛機「飛行者一號」在美國北卡羅萊納州試飛成功，把人類的飛天夢想變成了現實，也使得飛行員成為二十世紀初的主角和英雄。不斷刷新的飛行速度紀錄給當時的人提供了極大的刺激，那時的「空中競賽」就好比一場進行了數十年的奧運會。

飛機也為我們看世界提供了不一樣的視角，使我們生存的巨大星球縮小為一個小小的世界。

世界上的飛行員很多，作家也很多；但既是飛行員又是作家的人不多，既是飛行員、作家，還是冒險家的人就更少了。而既是飛行員又是冒險家，曾擁有過兩架飛機，經歷過第一次世界大戰、參與了第二次世界大戰的作家，只有聖-埃克蘇佩里這一個。

當通過這些身分來辨認聖-埃克蘇佩里時，我們就能知道他作品的唯一性和價值所在；我們也就能懂得了，這個英年早逝的作家為什麼在世界文學史上擁有如此高的地位。

二十世紀初期，天空還是一片有待探索的廣袤領地。由於飛機的性能和導航系統完全無法與今天的相比，大約每三次飛行中就會出現一次故障，因此，每一次飛行都是一場生死冒險。而當年，聖-埃克蘇佩里在摩洛哥朱比角的基地駐守以及後來開闢南美洲郵航路線時，不僅要和沙塵暴、酷烈的陽光、狂風、暴雨、高山、峽谷等自然力量搏鬥，還要和各種政治力量較量。當時的撒哈拉沙漠還有許多未歸順、反抗法國的部落，當飛機迫降在沙漠中時，飛行員可能被渴死，也可能被扣作人質，甚至被虐殺。

一九二六年，二十六歲的安托萬拿到了公共運輸飛行員的駕駛資格證，加入拉德高埃爾航空公司，成了一名郵政飛行員，沿著土魯斯（法國）－阿利坎特（西班牙）－卡薩布蘭卡（摩洛哥）－達卡（塞內加爾）航線運送郵件。在那時遇見的人和發生的故事，後來成為一九二九年出版的長篇小說《南方郵航》的素材。

一九三〇年五月，拉德高埃爾航空公司發生了一起墜機事故，飛行員埃利澤·內格蘭駕駛的飛機在烏拉圭南部蒙特維多灣墜毀，當場機毀人亡。而在此前的一年三個月中，公司已經失去了六位飛行員和三位隨機的無線電操作員。然而，墜機事故並沒有嚇退這些英勇的飛行員。五月十二日，創造過多項奇蹟的麥爾莫茲又駕駛飛機開始穿越大西洋的試航。當時天氣非常惡劣，大西洋上的龍捲風就像神殿上的黑色大廊柱。可麥爾莫茲又創造了奇蹟，他不僅將從法國土魯斯寄發的郵件運抵非洲塞內加爾，還飛越了大西洋，抵達南美洲布宜諾斯艾利斯。一九三一年，安托萬以此為素材，創作了中篇小說《夜間飛行》。

一九三一年十月，《夜間飛行》由法國著名的伽利瑪出版社出版。十二月，該小說獲得法國最高文學獎項之一費米娜文學獎，隨後被改編成電影，由美國著名影星克拉克．蓋博主演。法國嬌蘭公司以此為靈感，推出了一款名為「午夜飛行」的香水。

《夜間飛行》是中篇小說中的傑作。故事在兩條線索上展開——飛行員法比安掙扎在電閃雷鳴的夜空，而航線負責人李維埃在燈火通明的辦公室忐忑不安，一動一靜，一暗一明，巨大的反差構成作品的張力。奮力和暴風雷雨抗爭的法比安衝破雲層，駛向三千多公尺的高空，他看到了神奇的景象：月亮和星光照在雲層上，光亮反照在飛機上，光明而又寧靜。小說對法比安的描述也在這裡戛然而止。作為航線負責人的李維埃，在失去法比安和他的飛機的時候，有那麼一瞬間動搖了夜間飛行的信念，然而在這一瞬間之後，他又堅定了決心，讓機場跑道上等待的飛機起飛，繼續夜間飛行。

讀《夜間飛行》，我們能讀到二十世紀初那些充滿探險精神的飛行員的偉大，他們的每一次返航，都是為了重新出發。飛行員飛上高空，就和自己的飛機融為了一體，操縱手中的飛機，也是在掌控自己的命運。在《風沙星辰》中，安托萬如此描繪這種神聖的感受：「那些晚上的航行和成千上萬的星星，那種寧靜，那幾小時的至高無上的神聖權力，是金錢買不到的。」

六年後，被安托萬視為偶像的飛行員麥爾莫茲死於飛越大西洋的另一次飛行。一九四〇年十二月，安托萬在回顧自己的人生時發現，當年一起工作的郵政飛行員中，他竟是唯一的倖存者。

無限的星空是飛行員的自由之地，也是死亡之海，更是安托萬的思想養料。

飛行讓安托萬得以從天空俯瞰大地，他認為大地對我們的教誨勝過所有書本，因為大地並不隨我們擺布。當人類與障礙進行較量時，人類便發現了自己。

在《風沙星辰》的序中，安托萬寫道：

> 我眼前，總是浮現出我在阿根廷第一次夜間飛行時的情景……在這茫茫的夜海之中，每一處燈光都顯示出一種心靈的奇蹟。

安托萬的另一份思想養料來自沙漠。對安托萬來說，沙漠是迷人之地、死亡之海，也是他的智慧之書。

安托萬曾作為負責人，在毗鄰撒哈拉沙漠的朱比角基地駐守過一年多。在這裡，他開始學阿拉伯語，與當地摩爾人首領建立聯繫，解救因飛機失事被俘的同事，也為一個名叫巴爾克的奴隸贖身，託人送他回摩洛哥的阿加迪爾。

其間的沙漠生活讓他飽嘗孤獨的滋味，也讓他愛上這裡的強風、黃沙和星辰。沙漠最初是荒涼的，但沙漠裡的一口井卻可以惠及遠方。沙漠會按它自己的規則塑造每一個進入沙漠的人。最後，安托萬發現，「撒哈拉就體現在我們身上。走入沙漠並非為了參觀綠洲，而是要把一口水井變成我們的宗教」（《風沙星辰》）。

一九三五年十二月三十日凌晨，在經過二十小時的飛行後，安托萬駕駛的飛機墜落在撒哈拉沙漠腹地。幸運的是，飛機墜毀後並沒有燃燒，安托萬和技師普雷沃都安然無恙。不幸的是，他們根本不知道自己的位置在哪裡，留下的水不足一升，食物只有幾粒葡萄和一個橘子（後來又奇蹟般地發現了另一個橘子）。在炎熱的沙漠中，這一點點水和食物，他們連一天也熬不過去。

安托萬初步估算了一下，如果他們一直在直線上飛行，那麼大家有可能在八天之內找到他們；如果他們偏離了航線，大家得在方圓三千公里的範圍內尋找他們，可能得花上半年時間。

然而，沙漠似乎辨認出了安托萬。這個外表笨拙得像熊、內心卻純淨得如同嬰兒的安托萬，是沙漠自己的孩子。在隨後的幾天裡，沙漠裡刮起了罕見的東北風，這種風讓他們身上的水分蒸發速度放慢了一點。夜裡，他們將降落傘裁成三角形的布片，收集了一些黎明時分的露水滋潤乾渴的嘴唇！

安托萬和普雷沃相互鼓勵和扶持，在沙漠裡漫無目的地走著。雖然獲救的希望渺茫，但他們絕不停下腳步。因為一旦停下腳步、躺倒在黃沙上，他們就再也起不來了。

終於，第四天早晨，彷彿天神出現在海面上，漫漫黃沙中出現了一個貝都因人。安托萬朝貝都因人舉起手，他想呼喊，嗓子卻因為乾渴已經發不出任何聲音。貝都因人看見了他們，朝他們走了過來，沒有任何言語，只是將手按住他們的肩膀，讓他們躺倒在地上；然後，拿出盛滿水的水盆……安托萬和普雷沃將整個臉埋在水盆中，全身浸透著一種無限純真的幸福。

一九三八年，安托萬將自己關於飛行與沙漠的經歷、飛行員朋友吉奧麥和麥爾莫茲的故事、奴隸巴爾克的故事寫進《人類的大地》。次年，這本書在伽利瑪出版社出版後，獲得當年的法蘭西學院小說大獎。同年六月，該書英譯本在美國出版，書名為《風沙星辰》。

在《風沙星辰》中，安托萬將自己的思想付諸靈動的文字、瑰麗的畫面和一個個富於哲理的故事，帶給我們全新的觀察事物的視角和思考。

他說：「每個生命都會像一顆豆莢那樣，總會輪到它爆裂開來，留下種子。」因此，生命是生生不息的，喪鐘帶給世人的不是絕望，而是喜悅。

他從那位在沙漠裡救助過他的貝都因人身上看到了大寫的人：

我覺得你高貴善良，是有權力賜人以甘露的偉大的主。我所有的朋友、我所有的敵人都體現在你身上，他們向我走來，而我在這個世界上已經再也沒有一個敵人了。

《小王子》：是童話，也是真實鏡像

一九四三年四月六日，《小王子》的英文版和法文版在紐約同時出版。這本薄薄的童話書，是《夜間飛行》、《風沙星辰》等作品發酵後的重新釀造，是安托萬對自己人生的回顧和總結，是對生命意義的深度思考。

所有優秀的童話故事都是人生故事。童話輕揚的幻想之翼是以生命之根作為支撐的，只有這樣，它才會輕得像鳥而不是羽毛。

《小王子》講的是一個飛行員在沙漠中遇見一個神祕的小王子的故事。在故事中，通過小王子的講述，飛行員瞭解到了小王子的身分以及他在其他星球上的奇怪經歷。故事的最後，小王子離開地球，返回了他所居住的B612號星球。

這個貌似簡單的故事，隱藏著無數和作者的生平及其先前作品相關的訊息，書中的每個場景、每個角色，都有強烈的暗示意味。

故事的發生地在沙漠——一九三五年，聖-埃克蘇佩里飛機失事，就墜落在撒哈拉沙漠；

B612號星球上的火山——聖-埃克蘇佩里的妻子孔蘇埃洛就出生於中美洲「火山之國」薩爾瓦多;作者寫作本書時身在美國,所以才會有「這個大家都知道。如果你一分鐘內飛到法國,就直接跳進了黃昏;可惜,法國太遠了!」而「玫瑰」,當然是指他的妻子孔蘇埃洛。

我們可以將小王子、飛行員和作家看作同一個人的不同面相。小王子是作家的另一個自己,一個耽於思考的永不長大的孩子——慣於用直覺抵達事物的本質,比成人更看得清事實真相;他是永葆童真的天使的化身,是智慧和真理的源泉。而飛行員是現實的聖-埃克蘇佩里,也是故事的講述者,即作家本人。

小王子在到達地球之前,在其他六個星球上碰到了六個不同身分的人:國王、自大狂、酒鬼、商人、燈夫、地理學家。他們的荒誕表現,可以看作是我們人類自身生活的真實鏡像。

小王子通過在七個星球的遊歷,在狐狸的啟發之下,找到了自己生命的意義,明白了玫瑰的重要性以及自己對於玫瑰的責任。飛行員在和小王子的交往過程中,懂得了水的甘美來自星星下的散步、轆轤的歌唱和臂膀的努力;沙漠之所以迷人,是因為不知道在什麼地方藏著一口水井;事物的本質要用心才能看清。

已經有許多書和許多專家學者、普通讀者對《小王子》這部作品進行過解讀。但《小王子》彷彿一口深藏於沙漠之中水源豐沛的井,迷人又充滿魅力,且永遠不會窮竭。

在藝術上,《小王子》採用了超歷史、超語言、超文化的童話的表達方式,以象徵的手法表達了豐富的現實生活與人生哲學。玫瑰、狐狸、水井、小王子和各個星球上的人，都闡釋了可以超越時空而成為生命格言的真理。通過作者象徵手法的運用，他們彷彿經過了鏡子多重折射後呈現出的變形影像，你似乎能辨認他們卻又不能完全辨識，這就讓每一個讀者對故事以及故事裡的人物有自己的解讀，正所謂「一千個讀者有一千個哈姆雷特」。

童話還營造出了一種空靈詩意的意境。故事的發生地在遠離人煙的沙漠，這裡空曠、靜謐；場景多在夜間，與白天相比，更見朦朧悠遠。故事的主人公來自遙遠的星球，他勾起了飛行員對自己遙遠童年的記憶。小王子的遊歷，更是在茫茫宇宙的不同星球上展開。這種時空的悠遠，營造出了空闊的藝術氛圍。聖－埃克蘇佩里自己畫的插圖，也是寫意而非寫實的，飄逸輕靈。正如蘇軾所言：「欲令詩語妙，無厭空且靜。靜故了群動，空故納萬境。」空靈、靜謐和幽遠的童話氛圍，使讀者能夠靜心領略故事的「真意」，從而彷彿擁有了小王子的智慧，用心看見最真實的生命本質。

《小王子》是中年的聖－埃克蘇佩里對自己人生與世界的反思之書，也是他獻給人類的愛之書與醒世恆言。他曾在雲端叩問蒼穹、俯瞰大地；他曾作為沙漠的倖存者，在生死邊緣思考生命的意義與人的價值。雖然小王子離開地球回到了他的 B612 號星球，雖然聖－埃克蘇佩里也如小王子一樣駕駛飛機一去不回，但他們都熱愛人類。他認為人的真理就是要使人成為人；他認為人與人之間、人與世界之間，最重要的是「連結」；只有當我們意識到自己的作用，哪怕是最不顯眼的作用時，我們才是幸福的。

在聖-埃克蘇佩里的作品裡，經常會出現「園丁」的意象。他發現，每當花園裡培植出一種新品種的玫瑰，所有的園丁都非常激動，他們可以把玫瑰移栽、培植、促其生長。可他遺憾地發現，沒有培養人的「園丁」。因為缺少培養人的「園丁」，無數「童年的莫札特」被送上機械的沖床打磨，成了不能為自己的命運抗爭的麻木之人。「帶著傷口的人並沒有感到傷痛。那麼，受到傷害的便不是個體，而是整個人類。」（《風沙星辰》）

在某種意義上，《小王子》也是一本培養「園丁」的書。如同小王子「馴養」狐狸一樣，這本書也「馴養」我們。通過閱讀這本書，我們學會用心靈去看事物，而不只是靠自己的眼睛；就像種子會發芽那樣，這本書也會在我們的心靈中發芽，開出智慧的花朵，讓我們這些泥胎有可能成長為大寫的人，然後去當一個人的「園丁」，讓「童年的莫札特」免遭夭折。

二〇二三年九月 [2]

2 湯素蘭：著名兒童文學作家，湖南省作協主席，陳伯吹國際兒童文學獎「傑出作家獎」得主。迄今創作出版了六十餘部兒童文學作品，代表作有《笨狼的故事》、《紅鞋子》等。

風沙裡行走，星辰下思考

關於我們自己，大地對我們的教誨勝過所有的書本，因為大地並不是隨我們擺布的。當人類與障礙互相競爭時，人類便發現了自己。但是，為了達到這一目的，必須有一個工具：一把鉋子，或者一張鐵犁。農民在種植的時候逐漸發現了大自然的一些祕密，他們悟出的真理是具有普遍意義的。同樣，作為航空工具的飛機也使人類面臨著所有的古老問題。

我眼前，總是浮現出我在阿根廷第一次夜間飛行時的情景。那是一個漆黑的夜晚，平原上寥落的燈火像星光一樣在閃爍。

在這茫茫的夜海之中，每一處燈光都顯示出一種心靈的奇蹟。在這戶人家，有人在看書，思索，推心置腹地交談；在另一戶人家，有人可能在努力探究宇宙的祕密，辛勞地計算北半球上空的仙女星座上的漩渦星雲；在那一處燈光下，有人正在戀愛。田野上遠遠近近閃耀著這些需要添薪加油的火光，包括那些最隱祕的，詩人的火光、教師的火光、木匠的火光。然而，在這些閃耀的燈光中，好多窗戶都是關閉的，好多燈火熄滅了，好多人入睡了……

必須努力重新會合，必須盡量和田野裡那些疏落火光下的某些人聯繫上。

安托萬・德・聖—埃克蘇佩里

一 航線

那是在一九二六年，我剛剛進入拉德高埃爾公司，當上了一名年輕的飛行員。在郵航公司和稍後出現的法國航空公司成立之前，拉德高埃爾公司負責保持土魯斯和達卡之間的航空聯繫。我在這個公司學習如何當飛行員。榮任領航員職務之前，我和同行一樣，經過年輕人都要接受的見習試用期——在土魯斯和佩皮尼揚之間來回試飛，並縮在冰冷的飛機棚犄角裡上枯燥的氣象課。那時候，我們還不熟悉西班牙的大小山脈，因此對這些山脈總是心存畏懼，而對老飛行員則十分敬佩。

這些老飛行員，我們在飯店裡經常碰見，他們的性情有點粗暴，不好接近，給我們提出忠告時一副高不可攀的樣子。當他們之中的某個飛行員，從西班牙的阿利坎特或摩洛哥的卡薩布蘭卡回來，皮夾克被雨打得溼透，姍姍來遲地在飯店碰上我們時，我們之中有人怯生生地向他打聽飛行情況。他們對狂風暴雨的簡短回答，為我們建造了一個神奇的世界。那是一個充滿了陷阱和圈套的世界，時時都可能碰上一堵猛然高聳在你面前的懸崖，以及那可以把參天大樹連根拔起的漩渦。黑色巨龍守衛著山谷的入口，束束閃電盤繞著高山的峰頂。這些老飛行員一直使我們感到十分景仰。但是，他們之間經常有人一去便永遠不再返回。

我還記得比利的一次返航。後來他在科比耶爾山脈殉難了。這位老飛行員坐到我們中間來，埋頭吃喝，一言不發，兩隻手累垮了。那天晚上的天氣很不好，整條航線上，天空一片混沌，所有的山脈似乎都在滾動，宛如那些崩斷了纜繩的大炮在古代帆船甲板上滾動。

我盯著比利，最初忍著沒有說話，但最後還是壯著膽子問他，這趟飛行是不是非常艱辛。比利沒有聽見，額角上滿是皺紋，還在埋頭吃喝。當氣候惡劣的時候，飛行員為了在艙蓋敞開的機艙裡看得更加清楚一些，常常把頭伸到擋風玻璃外面去，因此下飛機之後耳朵裡好長時間仍是風聲呼呼，什麼也聽不見。

最後，比利終於抬起頭來，似乎是聽見了我的話，好像在回憶什麼，忽然爽朗地笑了。這笑聲使我感到非常驚奇，因為比利平常不怎麼愛笑的，這短暫的一笑驅散了他的倦容。他對勝利沒有再作任何別的解釋，又低頭默默地咀嚼起來。但是，相比籠罩著整個餐廳的陰鬱氣氛，以及那些白天忙碌了一整天，現在到餐廳裡來放鬆一下的小職員，這位肩膀寬厚的同事使我感到異常高貴。透過他粗獷的外表，那戰勝了巨龍的天使面目顯現出來了。

那個夜晚終於來到了，輪到我被叫到經理辦公室。他簡單地吩咐我說：

「明天你就起飛？」

我還站在那裡，等著他打發我離開，但他沉默了一會兒，又接著說：

「那些規章制度你都清楚吧？」

那時候的飛機發動機可不像今天的發動機這麼安全保險。它常常事先不打任何招呼，在發出一陣像是打碎了杯盤碗碟似的嘈雜聲之後，便突然把我們拋棄了。面對幾乎沒有什麼避難所的西班牙的陡峭地面，機師束手無策。我們經常說：「在這種地方，要是發動機壞了，飛機很快也就會完蛋。」但是一架飛機壞了，還可以用另外一架來替換。重要的是，不要盲目地靠近岩石。因此公司禁止我們在山區上空的雲海中飛行，否則就要嚴懲。鑽在白雲堆裡遇上故障的飛行員，很可能會因為看不見而撞上山頂。

因此，那天晚上，經理用緩慢的聲音最後一次強調了飛行的規矩。

「在西班牙雲海的上空，憑著指南針飛行是很有意思、很痛快，但是……」

他更加緩慢地說：

「但是你要記住：在雲海下面……那可是永恆。」

於是，當飛機突然鑽出雲層，我發現這個統一而單純的平靜世界，對我具有了另一種陌生的意義。平和，變成了陷阱。我想像著展現在腳下的那個廣袤無際的白色陷阱，並不像大家以為的那樣——既沒有人群的騷動和喧嘩，也沒有城市裡穿梭的車輛，而是一片絕對的沉默，一種最終的和平。那麼，這白色的雲層，對我來說，便成了真實和虛幻、已知和未知之間的分界線。由此，我終於領悟到：一種景物，如果不從一種文化、一種文明、一種職業的角度來觀察，那便是毫無意義的。山區的居民對雲海也是不無瞭解的，但他們並沒有發現這片神奇的帷幕。

我從經理辦公室出來的時候，像個孩子似的感到驕傲。明天一早，就要輪到我來負責運載旅客和非洲的郵件了。但是我也感到很心虛。我覺得自己準備得還不充分。西班牙缺乏可供飛機備降的地方，碰上棘手的故障，我害怕找不到求援的場所。我埋頭查閱地圖，貧乏空洞的地圖上，找不到需要的資訊。於是，懷著這種既自豪又惶恐的複雜心情，我跑到夥伴吉奧麥那裡度過了那個不尋常的夜晚。吉奧麥領航比我早得多。他經驗豐富，對西班牙瞭若指掌，我必須去請教他。

當我走進他的房間，他微笑著說：

「我已經知道你明天起飛的消息了。你感到高興嗎？」

他從壁櫃裡取出葡萄酒和酒杯，再走到我面前，依然面帶微笑地說：

「讓我們來乾一杯。你等著看吧，一切都會順利的。」

他好像一盞給你帶來光明的燈，讓你充滿了信心。後來就是他打破了郵航史上飛越安地斯山脈和南大西洋山脈的紀錄。幾年前的那天晚上，燈光下，他只穿一件襯衫，兩臂交叉，臉上掛著友善的微笑。他簡潔地告訴我：「暴風驟雨，大霧大雪，有時候這的確使人討厭。你要是碰上這種情況，就想一想所有那些比你更早遇上這些情況的人，只需要這樣想一想：『別人辦得到的事，我也一定辦得到。』」但我還是打開了地圖，要求他跟我一起查看了一下航行路線。在燈光下，我俯伏在老飛行員的肩膀上，重新獲得了學生時代的那種寧靜。

然而，我上了一堂多麼奇特的地理課呀！吉奧麥沒有跟我講西班牙，他把西班牙變成了我的一位女友；他不跟我講西班牙的天文地理，既沒有講起她的人民，也沒有談起她的牲畜。他不講瓜迪斯，卻跟我講起靠近瓜迪斯地區田邊長著的三棵橘子樹：

「要提防這三棵樹，把它們標在你的地圖上……」

自那以後，這三棵橘子樹在我的地圖上占據的位置超過了內華達山脈。他不跟我講洛爾卡，卻跟我大談特談洛爾卡附近的一個普普通通生氣勃勃的農莊，談起這農莊的主人和主婦。於是，這一對離我們一千五百公里之遠的普通夫妻便具有了一種非凡的意義。他們在半山坡安居樂業，宛如海上燈塔的看守人，隨時準備給大家以援助。

就這樣，我們從那難以想像的遠方和幾乎被遺忘的地方，獲得了不為世界上所有地理學家所知的許多細節。因為地理學家只對澆灌了好些大城市的埃布羅河感興趣，他們對莫特里爾以西隱沒於草叢中的那條澆灌著三十幾朵鮮花的小溪是不感興趣的。「你可得注意這條小河，它把那塊場地給破壞了……你把它也記在你的地圖上。」啊！我將牢記莫特里爾這條像蛇一樣蜿蜒的小溪！它的樣子並不顯眼，只不過以它潺潺的細語吸引著幾隻青蛙，但是它睡覺的時候也只閉著一隻眼。在離我兩千公里之遙的理想的降機待援的田野草叢中，它的另一隻眼睛正窺視著我，機會一到，它就會把我變成一團火焰……

我站穩了腳跟，擺好架勢，準備對付聚集在半山腰企圖朝我衝過來的三十幾頭好鬥的公羊：「你以為這片草地很安全。可是，嘩啦一聲，三十幾頭羊便衝到了你飛機的輪子底下。」當時我聽他講起這種出其不意的威脅，不禁驚訝地一笑。

於是，燈光下，我地圖上的西班牙逐漸變成了一個童話式的國家。我把避難場和陷阱都用小字做上記號，我記上了那個農莊、羊群、小河。我把地理學家忽略了的那位牧羊女標在她準確的位置上。

當我告別吉奧麥時，覺得自己需要在這個冰冷的冬夜走動一下。我把大衣領子翻上來，跟陌生的人群擦肩而過。身為年輕的飛行員，我盡情遐想，帶著心中的祕密，和這些陌生人在大街上摩肩接踵。我感到自豪——這些「野蠻人」，他們不曉得我是誰，但是到明天天亮的時候，接受他們的委託，把寄託了他們的心事和激情的郵袋運送出去的不正是我嗎？他們的希望都寄託在我身上。我裹在自己的大衣裡，在他們之中，像保護者一樣昂視闊步。但是，他們對於我的心思卻一無所知。

他們也根本感受不到我當晚所受到的啟示。因為這場也許正在醞釀的暴風雪跟我是有關係的，它會使我的第一次飛行變得更加複雜。星星一顆又一顆地隱遁，這些行人又怎麼能理解？只有我一個人瞭解底細。在戰鬥前，有人把敵人的工事告知了我……

可是，我是在通明透亮的商店櫥窗裡才接受了這些嚴肅地敦促著我的號召，櫥窗裡為耶誕節準備的禮品光彩奪目。好像地球上所有的財物都在當天晚上陳列在那裡似的，我嘗到了勇敢獻身的自豪和陶醉。我是一個面臨威脅的戰士……這些為節日晚上準備的五光十色的櫥窗、燈罩、書刊與我何干？我已經沉沒在漫天的雲霧之中，作為一名飛行員，我已經嘗到了飛行之夜的苦果。

凌晨三點，我被人喚醒了。抬手推開百葉窗時，我發現城裡下著雨，便鄭重其事地穿好衣服。半小時之後，我來到被雨水刷亮的人行道上，坐在自己的手提箱上等著公司的班車。在我之前，已經有很多同事受命遠航，他們也像我現在這樣懷著頗為沉重的心情，經歷過同樣的等待時刻。

街角終於出現了那部發出破銅爛鐵般響聲的老式車子，就像我先前的同事那樣，這次輪到我和那個尚未睡醒的海關職員以及幾個公務員，擠坐在一條長板凳上了。車上散發著一股積滿塵垢的破舊辦公室裡的霉味。一個人的生命一旦陷進這樣的辦公室，就難以自拔了。車子每隔五百公尺就停一下，再上來一個祕書、一個海關職員或一個督察之類的乘客。新來者對已經在車上打盹的老朋友打個招呼，得到一聲咕噥的回答之後，便盡可能擠緊坐下，也打起瞌睡來。

在土魯斯高低不平的街道上，這可是一種寒酸的交通工具，領航員和公務員混雜在一起，毫無差別。但是，街燈一盞盞地閃過去，機場臨近了，這部陳舊搖晃的班車只不過是一個灰色的蝶蛹，蝴蝶將從這裡脫蛹而出了。

每位同事都曾經這樣，在一個類似情況的早晨，從一個怯弱的、仍然遭受督察員訓斥的低階職員，頃刻變成了西班牙和非洲郵政班機的機長。三小時之後，他將要在閃閃電光中和奧斯皮達萊市的巨龍搏鬥；四小時之後，等他終於戰勝了惡龍，擁有至高的權力，就可以自行決定是繞航還是直接穿越阿爾高伊山。他要與之對抗的是暴風驟雨、崇山峻嶺、驚濤惡浪。

每位同事也都曾經這樣，在一個類似情況的早晨，在土魯斯冬季陰霾的天空下，混雜在默默無聞的人群之中，我們每個同事都會產生同樣的感受——感到自己成了最高主宰。五小時之後，他將把北方的雨雪和寒冬拋在身後，減慢馬達的轉速，在阿利坎特盛夏的燦爛陽光下降落。

這種老式的班車現在早已經銷聲匿跡了，但是它那嚴峻的外貌和令人產生的不適之感卻使我記憶猶新。它象徵著我們這個既艱苦又愉快的職業所必需的準備工作。在這裡，一切都顯得十分樸實。我至今還記得，三年之後，就在這種車廂裡，經由不到十句話的交談，我獲悉了領航員勒克里萬的死訊。他是我們幾百個同事中的一員，在一個大霧茫茫的白天或夜晚，和我們永訣了。

這事發生在凌晨三點。周圍一片寂靜，我忽然聽見，在昏暗中難得看清楚的經理提高了嗓門對督察員說：

「勒克里萬昨晚沒有在卡薩布蘭卡降落。」

「啊！」督察員回答說，「啊？」

他從睡夢中驚起，努力讓自己清醒過來，關切地加上一句：

「啊！是嗎？他沒能飛過去？他往回飛了嗎？」

汽車裡面傳來了簡單回答：

「沒有。」

我們還等著下文，可是什麼話也沒等到。時間一秒一秒地過去了，顯然，這個「沒有」是不會有下文了，這個「沒有」就是終審判決——勒克里萬不僅沒在卡薩布蘭卡降落，而且也不會在任何地方降落了。

我在執行第一次郵航任務的那天清晨，參加了神聖的就職儀式。透過車窗，望著街燈閃爍的碎石路，我感到心裡很不踏實。可以看到一陣陣大風掠過池塘水面。我不禁想起：「真的，我的第一次郵航運氣不妙。」我抬頭望了一眼督察員，問道：「天氣不好嗎？」督察員用疲憊的目光望了一眼車窗外面，咕噥著說：「這可說不定。」我只好獨自尋思，壞天氣表現在哪些地方。出發前夕，吉奧麥的一個微笑，就抹掉了老飛行員壓在我們心頭的不祥預兆；但是它們現在又回到了我的記憶之中：「誰要是不熟悉航線上的每塊石頭，而又碰上了一場暴風雪的話，那他就要倒楣了，啊！真的，我為他感到惋惜！」他們需要維護自己的威信，帶著幾分令人難受的憐憫之情，望著我們搖搖頭，似乎在為我們的天真無辜而歎息。

的確，以這部班車作為最後歸宿的人，在我們之中到底有多少呢？六十人還是八十人？他們都是在某個下雨的清晨，由同一個不言不語的司機送走的。昏暗中有幾處亮光在閃爍，幾支點燃的菸加強了沉思的氣氛。沉思默想的癮君子都是一些默默無聞的老公務員。他們到底給我們當中的多少人充當了最後的送行者？

我也聽到了一些被低聲分享的祕聞逸事，大都是一些關於疾病、金錢、惱人的家庭事務。這些事情就像死氣沉沉的牢房裡的堵堵牆壁，將這些人禁閉在牢房之內。突然之間，命運的面目出現在我的眼前。

我面前的這位夥伴就是老公務員——你從未擺脫掉這座牢房，不過，這根本不能怪你。就像白蟻在黑暗中所做的那樣，你用水泥堵塞了所有透光的縫隙，才創造了內心的和平。你在市民階級的安穩生活中打發時光，將自己縮成一團，鑽進外省人墨守的那種令人窒息的陳規陋習中打滾，你建造了這道簡陋的壁壘來抵擋風、潮汐和星星，根本不擔憂什麼重大問題。你煞費苦心來忘記人的狀況，你不是一個行星上的居民，從不向自己提出一些無法解答的問題，你是土魯斯的一個小資產階級。時辰未到之前，誰也不會來抓你的肩膀。現在做成你身體的黏土已經乾枯、僵硬了；往後誰也不能再喚醒你身上沉睡的音樂家，或是先前蟄居在你體內的詩人或文學家了。

我不能再抱怨暴風雨了。富有魅力的飛行職業為我打開了一個新世界，兩小時之內，我就要到那裡去和黑龍拚命，和高聳入雲、以閃電為髮的群峰周旋。在那個世界裡，當黑夜來臨時，我自由翱翔，在群星中辨識自己的航道。

我們這行的洗禮就是這樣進行的。我們開始旅行，這些旅行通常都是平安無事的。我們像專業潛水員一樣，平安降落在我們領域的最深處。今天世人對這個領域已經進行了很多探索。飛行員、技師和通訊員都不再去冒險了，而是待在一個實驗室裡面，聽從指針的轉動，不再注視景物的變換。機艙外面，群山隱沒在黑暗之中，不過它們再也不是什麼群山了，它們是一些看不見的力量，必須計算好它們靠近的距離。通訊員在燈光下審慎地記下一些數字；技師在地圖上標明飛機所在的位置；如果飛行員本想從左邊繞過的山峰，卻不聲不響、出其不意地展現在他對面的話，他便得趕快隨著群山的偏移修正他的航道。

而那些地面上的監聽通訊員，他們在同一秒鐘內，把他們空中的夥伴所口授的數字審慎地記在本子上：「午夜零點四十分。航向二百三十。機內一切平安。」

今天機組人員就是這樣旅行的。他們根本感覺不到自己是在移動。他們飛得很遠很遠，就好像在夜晚的海面上那樣，遠離了一切航標。但是，明亮的機艙室裡充滿了馬達的震顫聲，這聲音改變了機艙的面貌。只有時間在流逝，在這些儀表板裡、在這些無線電燈泡裡、在這些指針上，正在進行著一整套肉眼看不見的煉金術。時間一秒又一秒地前進，實驗室裡這些神祕的動作、低沉的話語以及機組人員的全神貫注正在創造著奇蹟。等到時間一到，飛行員把額頭貼近玻璃窗，他一定能發現：黃金在虛無中煉成了。領航員的面孔在中途站的燈火下容光煥發。

然而，我們這些飛行員也都經歷過這種旅行。在這種航行中，當你離中途站還有兩小時的航程時，突然之間，根據某種特別的啟示，我們感覺到自己是出了遠門。而這種出遠門的感覺，即使是去印度也不一定會有的：我們可能再也沒有回來的希望了。

麥爾莫茲首次駕駛水上飛機穿越南大西洋，日落時分他靠近赤道無風帶時遇到的情況就是這樣。他在正前方看見了幾條龍捲風的風尾，這風尾正在飛快地收縮，就好像正在往上砌的一道牆似的，然後黑夜降臨，把一切都籠罩起來。一小時之後，當他在雲層下飛行時，發現自己進入了一個奇異的王國。

海面上，旋風捲起的水柱高高聳起，就像廟堂裡的黑色大柱子那樣立在那裡一動不動。這些頂端鼓鼓脹脹的水柱，支撐著暴風雨下低矮而陰暗的穹隆。但是透過穹隆縫隙，幾縷亮光落下，豐滿的月亮在水柱林立的冷清海面上閃光。麥爾莫茲越過這些無人居住的廢墟繼續航行，從一塊亮處駛向另一塊亮處，繞過那些巨大的水柱和顯然正在奔騰咆哮的海面。他沿著縷縷月光，朝著廟堂的出口足足飛行了四個小時。這情景是那樣的緊張，以至麥爾莫茲越過赤道無風帶之後，才發覺自己當時竟然沒能顧得上害怕。

我也記起了我們穿過現實世界邊緣的那一時刻：那天晚上，撒哈拉中途站發出的無線電方位測定報告全都是錯誤的，無線電通訊員雷里和我都上了大當。因為突然在濃霧縫隙深處看見了閃閃發光的水面，我立即掉過頭來，讓飛機朝海岸方向駛去。我們不知道究竟在大海上空航行了多久。

我們再也沒有把握能飛回岸邊了，因為燃油可能不夠了。即使回到了岸邊，我們還得找到中途站。那時正是月落時分，沒有飛行角度的數據，已經成了聾子的我們也就慢慢又變成了盲人。在一片茫茫白雪似的大霧中，月亮有如一塊蒼白的麩炭，終於黯然失色，我們頭頂上的天空則烏雲籠罩。於是，我們只得在漆黑一團又空無他物的雲霧之間航行。

跟我們聯絡的中途站停止了對我們的方位報告：「方位不明……方位不明……」因為我們的聲音對他們而言，似乎來自四面八方而又毫無著落。

當我們已經絕望的時候，突然，地平線上左前方露出了一點亮光。我感到十分興奮，雷里俯身向我靠近，我還聽見他在唱歌哩！這亮光只可能來自中途站，只可能來自中途站的燈塔。因為撒哈拉的夜空到處一片漆黑，變成了一塊死亡的領土。那亮光閃了一下，然後熄滅了。原來我們是在朝一顆星星飛行，這星星在降落時出現在地平線的雲霧之間，有幾分鐘時間仍然是清晰可見的。

這時，我們又看見了另外一些亮光，懷著一種莫名的希望，我們輪流不斷地朝著一處處亮光飛去。當亮光繼續閃耀時，我們做了一次生死攸關的試驗——「前方的火光」。雷里向西斯勒羅中途站發令說：「先滅掉你的燈光，然後再亮三次。」西斯勒羅中途站把導航燈熄了，又亮起來。我們緊盯著它，可是它卻一直亮著不滅了。我們發覺它原來是一顆不朽的星星。

雖然燃油逐漸耗盡，我們仍然堅持著去追咬那個金色的釣餌。每次，我們都以為這下可真的是燈塔亮了，發現中途站了，我們有活路了，然而次次都上了當，只好再換一顆星星作目標。

這時候，我們知道自己是在太空中迷路了，我們在百來顆無法接近的行星之間尋覓那唯一屬於我們的行星。只有在這顆行星上，才存在著我們熟悉的景物、親切的家園、溫暖的柔情。

我可以告訴你，只有在這顆星球上，我腦海中才會出現這種你也許覺得天真的圖像。但是在危急關頭，我們仍然保存著人類的七情六欲，我當時只覺得又渴又餓。如果我們能夠重新找到西斯勒羅中途站，加滿了油之後，我們將繼續航行，我們將在大清早在卡薩布蘭卡降落。任務完成了！雷里和我一同進城，黎明時分，有些小酒館已經開門了……雷里和我，平平安安地在桌旁就座，笑談著夜間的經歷。在我們面前的桌子上，擺著熱呼呼的可頌和牛奶咖啡，雷里和我享用著生活中的這份早點。

鄉村老農婦心目中的神，僅僅是和一張畫像、一塊樸素的徽章、一串念珠緊密相連的。為了讓我們能理解，他們必須用簡單的語言和我們交談。對我來說，生的歡樂就表現在喝這第一口香噴噴熱呼呼的牛奶咖啡裡，就表現在和牛奶咖啡混合在一起的麵包上。這些食物令人聯想起安靜的牧場、外來的種植園和收成的農作物。從這些食物上，世人想起了整個大地。在眾多的星球當中，只有它才能製作出這份我們一伸手就能拿到的芬芳可口的早點。

但是在我們的飛機和人類居住的地球之間，存在著不可逾越的距離。世界上的全部財富都凝聚在這一顆迷失在群星中的塵埃上。「星相學家」雷里仍在不斷地祈求著那些星星，千方百計想認出它來。

忽然，他用拳頭捅了一下我的肩膀。在他遞過來的那張紙條上，我讀到兩句話：「一切順利，我收到了一個非常好的訊息……」我的心跳加快了，等待他寫完下面的話，這可是能夠救我們出險的至關重要的話啊！我終於收到了這份從天而降的禮物。

這電報來自我們昨天晚上離開的卡薩布蘭卡，轉發中耽誤了時間，直到現在才突然到達已經處在兩千公里之外、迷失在大海上空雲霧之間的我們手裡。這是卡薩布蘭卡機場的官方代表發給我們的一個通知，全文如下：

德・聖－埃克蘇佩里先生，我不得不要求您在巴黎接受處罰。因為從卡薩布蘭卡出發時，您的飛機在掉頭的時候，太靠近飛機庫了。

的確，我是在離飛機庫很近的地方掉頭的。的確，這個人生氣也是在履行他的職責。要是在機場的辦公室裡，我可能會忍氣吞聲地接受這一指責。但是它卻偏偏在這種場合送到了我們這裡。它和這些稀疏的星星、茫茫雲霧和令人生畏的大海上空的情景太不協調了。我們的命運、郵件的命運和飛機的命運全都掌握在我們自己手中，現在為了生存，我們正克服千難萬險繼續飛行，而他卻在對著我們發脾氣。

不過，雷里和我倒並沒有生氣，反而突然感到無限的喜悅。這人使我們意識到了一點：在這裡，我們是主人。這位機場班長難道沒有從袖章上看出我們已經成為上尉了嗎？他打擾了我們的夢境，當我們正從大熊星座莊重地踱步走向射手座時，當我們唯一關心的事情只是月球的變幻莫測時……

這個人在星球上需要執行的唯一的緊急任務，應該是向我們提供一些準確的數字，好讓我們在天體間加以計算。但現在這些數字全都錯了。至於其他的事，只好請他暫時免開尊口。雷里讓我看了他寫的一張條子：「他們最好是指引我們飛向某處，而不要熱衷於幹這種蠢事了……」就雷里而言，這個「他們」意味著地球上的所有人民，包括他們的議會、參議院、海軍艦隊、軍事部隊和他們的皇帝。於是，我們重讀了一遍那個不近人情的人發給我們的通知，轉機朝水星方向飛去。

後來我們終於脫險了，但完全是出於十分奇特的偶然：當我們對返回西斯勒羅已經不再抱任何希望，筆直朝海岸線方向飛去的時候，我決定就按這個航向飛下去，直到耗盡所有的燃油為止。這樣我可能碰上運氣，不至於沉入大海。糟糕的是，我的導航燈卻把我們引向了天曉得的什麼所在。同樣倒楣的是，在茫茫的黑夜中，我們似乎被迫進入了彌天大霧，這種情況使我們很難有機會接近陸地而不發生意外。但是我們沒有別的選擇了。

情況很清楚，我憂鬱地聳了聳肩膀。這時，雷里遞給我一張條子，這條子也許該早一個小時來救我們出險的。條子上寫著：「西斯勒羅又給我們導航了。他們指出：『我們的方位可能是二百一十六度……』」西斯勒羅不再隱匿在黑暗中了，它清清楚楚地出現在我們的左面。千真萬確，但是它究竟離我們有多遠？雷里和我稍微交談了一下。我們的看法一致。它跟我們聯絡得太晚了。如果我們朝西斯勒羅飛行，錯過海岸的危險就會增大。於是，雷里回答說：「燃油只能飛行一小時了，我們只能繼續以九十三度航向飛行。」

但是中途站一個接一個地驚醒了。阿加迪爾、卡薩布蘭卡、達卡都跟我們通了話。每個城市的無線電臺都給他們的飛機場發出警報。機場的主管都給底下的人發出警報。慢慢的，他們都聚集在我們的周圍，就像大家圍在一個病人的床頭那樣。雖然這是一種無濟於事的熱情，但畢竟應當肯定這種熱情。他們向我們提出的各種忠告和建議雖然徒勞，但又令人感到多麼溫暖啊！

突然，土魯斯的聲音也出現了，土魯斯這個始航站，離我們有四千公里之遙，猛然間和我們對話了：「你們駕駛的飛機是不是F……」編號我忘記了。「正是。」「那麼，你們的燃油還可以飛行兩個小時。你們飛機的油箱不是標準油箱。朝目標西斯勒羅飛行吧。」

就這樣，某種職業的必要條件改變了世界，也豐富了世界。不同的夜晚可以使飛行員在老場景上發現新意境，那些使旅客感到單調乏味的景物對於機組人員來說就大不一樣了。這一大片擋住視線的濃雲，對飛行員來說並不是一種裝飾，它振奮了他的肌肉，並且向他提出許多難題。他已經意識到了這一點，他測試著這片雲層，一種真正的語言把他和它連在一起。這裡是一座高峰，離他尚遠，山峰露出的是一副什麼面孔呢？在月光下，它可能是一個適合的航標。但是如果飛行員盲目飛行，難於糾正偏航並且懷疑自己的位置，那山峰就變成一堆炸藥了。整個晚上對他都是一種威脅，猶如一個隱在水中的水雷，隨波逐流，威脅著整個海面。

海洋也是這樣變幻莫測。對一般旅客來說，風景是看不見的。從那麼高的天空觀望，看不見波濤起伏，浪花似乎是不動的。只有一些很大的白色「棕櫚葉子」鋪展在海面上，葉脈和葉上的汙垢都清晰可見，凍成了冰塊。但是機組人員則認為在這裡的任何水面上降落都是禁止的。對他們來說，這些「棕櫚葉子」就像一些很大的有毒花朵。

即使這是一次輕鬆的航行，航道上的飛行員也不會以普通乘客的眼光來欣賞一般的風景。天地間的各種色彩、海面上的風向、黃昏時的彩霞，他並不欣賞這些事物，而是研究它們。他就像一個在農地裡巡視的農民，從各種跡象中預見春天的進程、冰凍的威脅、雨水的有無；專業飛行員也是一樣，他辨識著下雪的跡象、起霧的徵兆、吉祥的夜晚。飛機最初好像使他避開了這些風險，實際上卻又使他面對更嚴酷的大自然災難。他獨處在空中風暴組成的廣大無垠的法庭上，跟三個原始神靈爭奪他的郵件。這三個神靈便是高山、大海和風暴。

二 夥伴

1

麥爾莫茲和好幾個夥伴一起，穿過桀驁不馴的撒哈拉[3]，開闢了從卡薩布蘭卡到達卡的法國航線。那時候的發動機不耐用，一次故障使他落到了摩爾人手中，要不要殺掉他，摩爾人猶豫不決。在讓他當了十五天的俘虜之後，他們終於把他賣了出來。於是他仍然在同一地域的上空繼續飛行。

要開闢美洲航線時，一貫打先鋒的麥爾莫茲受命探索從布宜諾斯艾利斯到聖地牙哥的航線，以便在撒哈拉上空架設橋梁之後，在安第斯山區上空建立另一座橋梁。人家讓他駕駛一架最高只能上升五千兩百公尺的飛機，可是科迪勒拉的山峰卻高達七千公尺。於是麥爾莫茲起飛去尋找群峰之間的隘口。在跟沙漠打交道之後，麥爾莫茲又去跟山巒打交道，跟那些在大風中揮舞著白雪做成的披肩的山峰打交道，跟那些高聳入雲迂迴曲折的懸崖峭壁打交道，它們迫使飛行員去進行一場殊死的搏鬥。麥爾莫茲投身於這種搏鬥，他對對手一無所知，不知道自己是否能從這些戰鬥中活著回來。

終於，有一天麥爾莫茲為別人去試航的時候，發現自己成了安地斯山的階下囚。

麥爾莫茲和他的技師於四千公尺的高空，在一片峭壁林立的高原之間，花了兩天時間想方設法企圖脫離險境，仍然不得脫身。他們想最後碰一下運氣，駕著飛機俯衝下去，在高低不平的地面上蹦跳，直至滑向淵底。在下降過程中，飛機終於達到相當的速度可以重新聽從操縱了。突然，麥爾莫茲迎面碰到一座山峰，他趕緊拉起機頭，飛機擦峰而過。而後，水從晚間凍裂的管子裡流了出來，這些管子在飛行了七分鐘之後便發生了故障，這時候，麥爾莫茲在他的腳下發現了智利平原這塊應許之地。

第二天，他繼續飛行。

當麥爾莫茲完成了安地斯山的探險任務，航行技術完全走上正軌，他就把在這段航線上的飛行任務讓給了吉奧麥，自己又去做黑夜試航。

3 桀驁不馴的撒哈拉：十九世紀中葉，法國入侵非洲建立了殖民地，一九〇五年至一九一〇年間，法國迫使非洲這一地區的大部分部落承認法國的宗主權。不願降服的部落退向山區和綠洲，被稱為「tribus dissidents」，本書譯作「抵抗部落」。他們占據的地區稱為「抵抗區」。此處「桀驁不馴的撒哈拉」即指此。直到一九三四年，撒哈拉才完全被法國征服。

當時，航線上的中途站還沒有照明設施，飛機在黑夜降落的時候，工作人員在飛機的正前方用燃油點燃三堆小火。

他克服困難完成了任務，開闢了夜間航線。

夜航難題解決之後，麥爾莫茲又去做穿越大洋的試航。從一九三一年開始，從土魯斯寄發的郵件破天荒地在四天之內便到達了布宜諾斯艾利斯。返航途中，麥爾莫茲在南大西洋波濤洶湧的海面上空碰到了一次燃油故障，幸虧有一條船救了他的命，還有運送的郵件和機組全體成員。

就這樣，麥爾莫茲探索沙漠、山巒、黑夜和海洋。他曾多次陷身沙漠、峻嶺、黑夜和海洋。他的每次勝利返航，都是為了重新出發。

終於，又過了十二年，當他再一次穿越南大西洋上空，在發出一條簡短的消息說他關閉了右後發動機之後，便杳無音信了。

最初，這消息一點也不讓人擔心。可是，沉默了十分鐘之後，從巴黎到布宜諾斯艾利斯航線上所有的無線電臺都警覺起來。因為，如果是在日常生活中耽誤了十分鐘的話，那是沒有什麼大不了的事，但是十分鐘的延誤發生在郵政航空上可就非同小可了。在這段沉默無聲的時間裡，發生了一件大家不得其詳的事故。無關緊要也罷，悲慘不幸也罷，反正已經發生了。命運已經宣判了，他們對這一判決再也不能上訴並加以更改了：就像一隻鐵掌，要嘛迫使機組人員進行驚險的水上降落，要嘛當即使他們機毀人亡。不過判決書沒有對等待著的眾人宣布。

我們之中，誰沒有體驗過這種越來越渺茫的希望，以及這種越來越糟糕的像不治之症似的沉默？我們懷抱著希望。時間在流逝，逐漸地，慢慢地，久而久之我們不得不承認：我們的夥伴再也不會回來了，他們已經安息在曾經時常在其上空耕耘的南大西洋裡了。就像跟農作物相依為命的農民長眠在田地裡那樣，麥爾莫茲最終安息在他的崗位上了。

當一個同事這樣死去的時候，他的死亡似乎仍屬職業範圍之內的行為，或許沒有一般的死亡那麼使人難受。沒錯，這位夥伴由於最後一次航線的變換已經和我們分離，我們並沒有像少了麵包那樣感到少了他。

的確，我們已經養成了一種習慣，可以等待很久然後才再次見面。因為，航線上的夥伴是分散在世界各地的，從巴黎到智利的聖地牙哥，他們之間各自分散，猶如一些互不交談的哨兵。必須得碰上某種偶然的機會，分散在各地的成員才能在這裡或那裡聚會一次。在卡薩布蘭卡、在達卡、在布宜諾斯艾利斯，大家圍坐在晚餐桌旁，多年不通音信的朋友七嘴八舌地交談著，重新回憶起過去的一些事情。然後，大家又各奔前程。

大地是這樣貧瘠又富饒：說它富饒，是因為它那些隱藏著的祕密園地。然而要接觸這些祕密園地非常困難，但我們的職業卻總是在說不定的某時某刻把我們領到了那裡。生活使我們和夥伴分離，公務使我們無暇多想，但是我們很清楚，他們就生活在世界上的某個地方，不聲不響，被世人遺忘，然而他們又是多麼忠誠不渝啊！如果我們在途中碰面了，他們歡快地搖晃著我們的肩膀，這該是多麼愜意的事啊！真的，我們是習慣於等待的……

但是，我們逐漸發現永遠也聽不見那位同事爽朗的笑聲了，我們發現那座花園成了我們永恆的禁區，這才開始為他治喪。這喪禮並不令人痛心疾首，只是一種淡淡的哀愁。

從來沒有任何東西能取代失去了的同伴，我們不能給自己創造故交老友。沒有什麼東西能比那麼多的共同回憶、那麼多的共同患難時刻、那麼多的齟齬與和解、那麼多的內心共鳴更加寶貴的了，我們不能重建這些友誼。如果你種下一棵橡樹，你想很快就能在它的樹蔭下乘涼是辦不到的。

生活就是這樣。一開始，我們充實自己，多年來植樹造林，但隨之而來的時光卻破壞並砍伐了我們的園林。夥伴一個接一個地銷聲匿跡。從此，喪友的悲哀和年華逝去的感歎襲上心來。

這就是麥爾莫茲和其他一些夥伴教導我們的品德。一種職業的偉大之處，首先在於把眾人團結起來：世間只有一種真正的奢望，那就是人和人之間珍貴的關係。

如果我們只是為了物質利益而工作，我們就給自己建造了一座監獄。錢財本是身外之物，根本不能給你提供任何有價值的生活，只能使我們互相孤立。

假如要在記憶中尋找那些留下了永久興味的往事，假如把過去重要的時刻作一個總結，我肯定會重新記起那些任何財富都不見得能給我提供的寶貴時刻來。共同度過的考驗，把我們和麥爾莫茲永遠連結在一起，金錢買不到我們之間的友誼。

那些晚上的航行和成千上萬的星星，那種寧靜，那幾小時的至高無上的神聖權力，是金錢買不到的。

那闖過困難之後出現在你眼前的世界的新面貌：那些樹木、花朵、婦女，那黎明時分，那種生還的歡欣在眾人臉上漾起的微笑，那種令我們感到欣慰的瑣碎小事，也是金錢買不到的。

還有那個在阿拉伯抵抗區度過的夜晚，那也是金錢買不到的。那天晚上的情景又一次浮現在我眼前。

我們郵航公司的三組機組人員，在日落時分被迫降落在里奧德奧羅[4]的海岸上。我的同

4 里奧德奧羅：今非洲西撒哈拉的一部分。

事黎蓋勒由於傳動機桿的連桿折斷首先降落；另一位名叫布林加的同事，跟著接應他的機組人員，但是一個小小的故障使他的飛機也飛不起來了。最後，我的飛機降落的時候，夜幕已經降臨。我們決定先搶修布林加的飛機，等天明之後再動手。

早在一年之前，我們的同事古爾和艾拉布勒也是在這個地方遇上了故障，被抵抗部落殺害了。我們知道，在我們降落的那天晚上，有一支裝備了三百支槍的阿拉伯部隊就駐紮在博哈多爾角的某個地方。三架飛機的降落，老遠就可以看得到，很有可能驚動這支隊伍。因此，這很可能是我們生命中的最後一晚。

我們就這樣安頓下來過夜。我們從行李艙內卸下了五、六箱貨物，把騰空的箱子圍成一個圓圈，每一個箱子裡面燃上一支小蠟燭，就像點在哨所深窪處的蠟燭那樣，難得避風。就這樣，在茫茫大漠中、在光禿禿的地殼上、有如洪荒年代的孑遺，我們建立了一個人間村莊。

我們聚集在小村莊的大廣場上，箱子裡搖曳的燭光照耀著這片沙漠，我們就這樣等待著。我們等來的可能是黎明，天明我們就有可能得救；也可能是摩爾人，那就只好等死了。不知為什麼，我覺得這天晚上有點像過耶誕節。我們回憶著逝去的往事，互相開玩笑取樂，我們歌唱。

我們懷著輕鬆愉快的心情，像在歡度一個精心準備的節日。然而，當時我們都窮得可憐，只有夜風、沙礫和星星陪伴，典型的苦修風格。在這片昏暗的土地上，六、七位除了回憶便一無所有的男子漢分享著一份肉眼看不到的財富。

我們終於聚在一起了。這麼多年來我們肩並肩地合作，卻都深鎖在各自的沉默中，要不然就是說幾句毫無意義的話。但是現在危險當頭，大家才發現原來是同屬一個家庭。大家由於洞察了別人的心靈，變得心胸開闊起來。所有人相視而笑，大家就像一群獲釋的囚徒，面對著無邊無際的海洋，感到心曠神怡。

2

吉奧麥，我現在想講點關於你的事，但是，我不會在你的勇敢或者專業才華上誇大其詞而使你難受。當我敘述你冒險經歷中最精彩的部分時，我想描繪的是另外一些東西。

有一種說不出名字的特質，或許可以把它叫作「嚴肅」吧，但是這字眼並不能使人感到滿意，因為這種特質伴隨著最雀躍的快樂。這也是木匠師傅的特質，木匠以平等的身分站在他的木料前面，撫摸它、測量它，他絕不草率地對待它，而是集中了他的全部精力對待它。

吉奧麥，我以前讀過一篇讚揚你的冒險精神的文章，現在我要跟歪曲了你形象的報導算算舊帳了。大家把你看成了一個愛說伽弗洛什[5]式俏皮話的人，似乎你的勇敢就是在最危險和死亡臨頭的時刻開一些中學生式的玩笑。他們並不瞭解你，吉奧麥。在你和你的對手對決之前，你並無嘲笑他們的必要。面對一場惡劣的風暴，你判斷說：「這是一場惡劣的風暴。」你承認它並且加以應付。

吉奧麥，我在這裡以我的回憶來替你作證。

某年冬天，飛越安第斯山的時候，你失蹤了五十個小時。我從阿根廷的巴塔哥尼亞終點站回來，和德萊伊在阿根廷的門多薩會合。他和我，我們駕著兩架飛機在崇山峻嶺上空整整搜索了五天也一無所獲。兩架飛機太少了。在我們看來，就是出動一百個中隊的飛機，在這些高達七千公尺的高山險峰間搜索一百年，也不能把這些山的每個角落搜遍。我們失去了一切希望。那些走私販、那些為了五個法郎就敢犯罪的綠林強盜，也不肯為我們組成救護隊到這些懸崖絕壁上去冒險。

「那是要送命的，」他們說，「冬天進入安第斯山就別想活著出來了。」

德萊伊和我駕機在聖地牙哥降落時，智利的軍官也都勸我們停止這種危險的搜尋。

「這可是冬天呀，你們的夥伴，就算他在飛機掉下來時保住了性命，也活不過冬天的夜晚。人要是在高山深谷裡過一夜，早就變成冰塊了。」

因此，當我再次駕著飛機，在安地斯山的懸崖絕壁間搜尋的時候，我感到自己已經不是在尋找你，而是在守護著你那靜臥在冰雪砌成的大教堂裡的遺體了。

最後，到了第七天，當我完成了一次航行任務，又要起飛之前，跑到門多薩的一家餐館吃午飯的時候，一個人叫喊著推門進來：

「呀！吉奧麥……還活著！」

當時餐館裡的所有人，包括素昧平生的陌生人都互相擁抱起來。

十分鐘之後，我載著技師勒弗爾和阿布里起飛了。四十分鐘後，我的飛機沿著一條公路降落，我不知道是根據什麼東西，認出把你從聖拉斐爾帶往某個地方的汽車來。這真是一次令人激動的重逢，我們大家都哭了，大家把你緊緊地抱在懷裡。你居然能夠死裡逃生，創造了自己的奇蹟。那時，你第一句清晰可懂的話，表達了作為一個人的無限自豪：「我所做的，我敢發誓，是任何其他動物永遠也做不到的。」

後來，你對我們敘述了故事的始末。

一場持續了四十八小時的暴風雪，封鎖了整個空間，使智利境內的安地斯山脈積滿了五公尺厚的白雪。泛美航空公司的美國飛行員半路上打了回轉，你卻仍在繼續飛行，想在天空中尋找一條通道。你在稍微偏南的方向發現了那條通道，但這是一個陷阱。你爬升至六千五百公尺的高度，下面全被烏雲籠罩住了，只有一些高峰露出雲端。你駕機朝阿根廷方向飛去。

空中下降的氣流有時會使飛行員產生一種不安感。馬達在正常均勻地轉動，飛機卻在往下沉。你想讓飛機向上爬升以保持一定的高度，但飛機還是繼續往下沉。你又怕爬升得太高了，趕忙放鬆了操縱桿，任飛機隨風飄移，左飛右轉，憑藉有利的山峰和風力作為跳板，讓飛機往上爬升，但是飛機還是往下沉，整個天空似乎都在往下沉。

此時你感到這是一場宇宙的災難，再也無處藏身、無能為力了。想將飛機掉頭回平安地區，但已是白費力氣。一切倒塌瓦解了，全面崩潰了⋯飛機朝緩緩上升的雲霧裡滑下去，你被雲霧吞沒了。

「我差一點被制服了。」你對我們說，「不過我還沒有認輸。飛機在看似穩定不變的雲層上面也會碰到下降的氣流，原因很簡單，就是在同一個緯度上，氣流也在無休止地聚散變化。高山上的一切都是那麼令人驚奇⋯⋯」

多麼奇特的雲呀！⋯⋯

「當感到自己已經無能為力的時候，我便放棄了對飛機的操縱。我緊緊地抓住自己的座椅，免得被拋出艙外。飛機晃動得厲害，背帶勒得我的肩膀發痛，甚至連背帶都快要繃斷了。

加之霜花也使我完全無法辨認儀表板上的指針。我好像一頂帽子那樣，從六千公尺的高度滾到了三千五百公尺。這時候，我望見地平線上一大塊橫躺著的黑色東西，我重新駕起了飛機，認出那是一片池塘，叫鑽石湖。我知道這湖泊躺臥在漏斗式的懸崖深淵，一側是馬伊布火山，海拔六千九百公尺。雖然擺脫了雲層，但是漫天飛舞的大雪仍然使我眼花撩亂，要是想飛離湖泊，就可能撞上漏斗一側的山峰而粉身碎骨。我在三十公尺的高度繞著湖泊轉來轉去，直到燃油耗盡。盤旋了兩個小時之後，我降機降落，從飛機上爬出來的時候，風暴掀倒了我。我站起來，就又一次被掀翻在地。我只好鑽到飛機座艙底下，在雪地裡挖了一個藏身洞，用郵袋把自己緊緊裹了起來，就這樣整整等了四十八小時。

「這之後，風暴平息了，我開始上路，足足走了五天四夜。」

可是，這樣一來，吉奧麥，你看你變成一副什麼模樣了？我們確實又見到了你，但你是那麼憔悴，枯槁乾瘦得像一個龍鍾老太婆了！

當天晚上，我駕機把你帶回門多薩，在那裡用白被單把你緊緊裹住，就像塗了一層油膏。但是這些白被單不能使你痊癒。那疲乏酸痛的軀體使你感到很不自在，你在床上輾轉反側不能入睡。風雪和岩石對你的刺激太深了。你一直忘不了這些東西。

我望著你那黝黑腫脹的面孔，它酷似一個摔壞了的熟透果子。你的樣子既難看又可憐；雙手也凍僵了，再也不能操縱精良靈敏的工具了。當你為了呼吸得順暢一點而坐在床邊時，那兩隻凍僵的腳懸在床沿好像兩個不聽使喚的秤砣，似乎仍未結束長途跋涉。你仍然在喘息，當靠著枕頭躺下來休息時，一連串的景象便迫不及待、不由自主地在你腦海裡翻騰，一幕接著一幕。於是，你又和那些死灰復燃的敵人戰鬥了幾十次。

我幫你餵藥：

「喝吧，老友！」

「最使我奇怪的……你知道……」

你好像一個挨了狠狠的幾拳但仍然戰勝了對方的拳擊手。你還在重溫那奇異的冒險，把它零零碎碎地敘說了出來。藉由那天晚上的敘述，我看見你仍然在那裡行走，沒有爬山用的冰鎬，沒有繩索，沒有乾糧。你在那裡爬越四千五百公尺的山坡，攀登陡峭的懸崖，在攝氏零下四十度的嚴寒下，手腳和膝蓋都在流血。你體內的血液在慢慢流失，精力在逐漸衰竭，神志越來越模糊，但你像一隻螞蟻一樣仍然頑強地往前爬。碰到障礙時便折回來，繞過障礙繼續爬，跌倒了又爬起來，滑到坡底再往坡上爬，絕對不讓自己停下來。因為你知道，只要一停下來，便再也不能從雪地裡站起身來了。

情況確實就是這樣。滑倒了的時候，你必須馬上爬起來，不然就會變成一塊硬石。嚴寒隨時可能把你凍僵，因此跌了一跤之後，你也得不停地活動那麻木的筋骨，以便在享受頂多一分鐘的喘息之後好重新站立起來。

你抵抗著種種誘惑。

「在冰天雪地裡，」你對我說，「人會失去任何自衛的本能。一個人在走了兩天、三天、四天之後，別的什麼想法都沒有了，就只想要睡覺。我就是這樣想的，但是我想：如果我的妻子認為我還活著的話，她就會相信我還在走。我的夥伴也會相信我還在走。他們大家都信任我。如果我不走了的話，我就是混蛋。」

你不停地向前走，每天都用刀尖把靴幫劃得更開一點，讓那凍僵腫脹的兩隻腳稍微好受一點。

你跟我透露了一個奇特的祕密：

「從第二天起，你看，我的最大任務就是禁止自己思考。我痛苦不堪，狀況令人絕望。為了鼓起勇氣走下去，我就不該考慮所有這些情況，倒楣的是，我控制不了自己的腦子，它像一部渦輪機那樣在不停地運轉。不過我還能為它挑選一些影像，讓它去回想一部電影，回想一本書的內容，它們在我腦海裡一一閃過。然後，我又回到了現實世界。這簡直無法避免，於是我又去回憶一些別的事……」

終於有那麼一次，你滑倒了，肚皮貼地俯臥在雪地上，你不想再站起來了。你就像一個被擊倒了的拳擊手那樣，突然喪失了任何熱情，在一個陌生的世界裡聽見人家喊著一秒兩秒，一直喊到無可挽回的第十秒為止。

「我做了自己能做的一切，再也沒有任何希望了，何苦再白受罪？」你只需把眼睛一閉就可以得到安寧，就可以擺脫懸崖峭壁和冰天雪地。你只要一合上那奇妙的眼皮，就再也不會受到風雪的打擊和跌跤之苦了，就再也不會凍徹骨髓，皮開肉綻了，就再也不會像一頭牛那樣，拖引著比牛車還要沉重的生命重負了。你已經感到全身冰涼了，這種寒冷的滋味，就像人吸了嗎啡那樣，使你感到說不出的舒服和自在。你的生命退縮在心臟周圍，心中凝集著某種溫柔而珍貴的東西，而身體各個部分的意識正在逐漸消失。剛才還疼痛異常的軀殼，已經變成和大理石一樣毫無感覺了。

甚至連你的顧慮也平息了。你再也聽不見我們的召喚，或者更確切地說，我們的召喚對你來說已經成為一種夢裡的呼喚了。你在夢境中應和著我們愉快地行走，輕鬆地朝極樂世界邁開大步前進。你是多麼開心自在呀！吉奧麥，你這個自私的小氣鬼，你居然忍心拒絕返回到我們當中來。

你下意識地感到有點懊惱，在夢境中突然想起了一些具體的繁瑣事務。「我想到了我的妻子。我的保險金可以使她生活上不至於發生困難。是的，但是保險金……」

一個人失蹤後，法定的死亡宣判延後四年才能生效。這一細節對你來說是那麼突出，把其他想法都排除到腦後了。當時，你是俯臥在一個坡度很陡的雪坡上，等到來年夏天，你的軀體就會隨著泥土流進安地斯山的一條溝壑。你意識到了這一點。但是你也發現離你五十公尺遠的前方，有一塊岩石屹立在雪地裡。「我想，如果我站起來，也許就能夠走到那塊岩石前面。如果能把身體貼緊岩石的話，到了夏天，別人就會找到我的屍體了。」

等站起來，你就又走了三天兩夜。

然而你並沒有想走多遠。

「種種跡象使我知道大限已到。跡象之一就是我每走兩個小時左右，就不得不停下來把靴子再劃開一點，用雪來揉搓那兩隻腫脹著的腳，或者讓心臟休息一下。但是到了最後幾天，我的記憶力也不行了。等意識到這一點時，我已經在路上走了好久；每一次，我都要弄丟一樣東西。第一次，是忘了一只手套，在這麼冷的氣候下這事太嚴重了！當我重新趕路時，卻忘了把它撿起來。下一次掉的是手錶，然後是小刀，再下來就輪到指南針了。每停下一次，我就變得更窮……

「往前邁一步，就有救了。再邁一步，不停地重新邁出這同樣的一步……」

「我所做的，我敢發誓，是任何其他動物永遠也做不到的。」

我又想起了你說的這句話。這是我欣賞的最崇高的一句話，它肯定了人的地位和價值，表現了作為一個人的光榮，重建了萬物之間真正的高低貴賤。你終於入睡了，意識歇息了。不過，當你甦醒過來後，它又會從那困頓不堪、遍體鱗傷的軀殼中復活，又將繼續駕馭軀體。

所以說，人的軀體乃是很好的工具，是一個僕人。吉奧麥，你知道怎麼發揮這件好工具的優越性：

「沒有吃的，你可想而知，走到第三天……我的心臟就再也不行了，它受不了了。我當時正沿著一個陡坡往上爬，吊在半空中，挖出一些小洞來放手歇腳，就在這時我的心臟發生故障了。它猶疑不動了，然後又開始跳動。它怦怦亂跳。我感到要是心臟再遲疑一秒鐘，我就完了。我不再動彈了，並且傾聽著自己的心臟。駕駛飛機時，我也從來沒有像當時緊緊貼近我的心臟那樣，這麼貼近飛機發動機。我對它說：『來呀！加油！努力再跳動起來……』我的心臟可真不錯！它遲疑了一下，接著就繼續跳個不停了……你要曉得，我為這顆心臟感到多麼自豪呀！」

在門多薩的那間屋子裡我守護著你，你終於喘息著入睡了。那時我想，如果人家說起他的勇敢，吉奧麥可能會聳聳肩膀。不過，你要是因此而讚揚他的謙虛，那也是對他的誤解。他是超越這種平凡的特質之外的。他之所以聳聳肩，完全是出於誠實。他知道，人一旦身臨其境，就不會再害怕了，只有未知的事物才使人害怕。對於已經碰上此景的人，它就再也不是一個未知物了。特別是當一個人能冷靜而清醒地審視這種未知物時，情況就更是如此。吉奧麥的勇敢，首先是他誠實正直的產物。

他真正高尚的特質並不在此。他的偉大在於他的責任感——對自己負責；對郵件和對期待他的夥伴負責，他手中掌握著他們的歡樂或悲傷；對那些他也想參加的、生活在遠方的人正在進行的嶄新建設事業負責；在他的工作範圍之內，對世人的命運盡一點責任。

他是慷慨大度的人其中的一員，願意以自己的枝葉覆蔭廣闊的地面。做人，恰恰就是要負責任；就是要在面對與他無關的悲慘事物時知羞明恥；能為夥伴所獲得的勝利而感到自豪；在他添磚加瓦的時候，意識到自己是在為世界做貢獻。

有人想把這種人和鬥牛士或亡命之徒混為一談，說他們都是不怕死的人。但是我並不推崇這種對死亡的蔑視。如果對死亡的蔑視並不是植根於一種公認的責任感，那只不過是一種缺乏智慧或是過分幼稚的行為。我認識一個自殺身亡的年輕人。我不知道究竟是什麼樣的愛情痛苦，驅使他不偏不倚地朝自己的心臟開了一槍。當他戴上白手套，我不知道他究竟是受了哪部文學作品的誘惑。但是我記得，這種可悲的炫耀給我的印象並不是崇高，而是怯懦。因為在這張可愛的面孔後面、在這個人的頭腦裡面，除了有一個和傻女孩相似的形象之外，就空空如也，別無他物了。

面對這渺小的人生，我曾經想起了一個真正的人的死亡——一個園丁的死亡，他對我說過：「你要知道……有時我挖土翻地，真是汗流浹背。我的風溼病使我抬腿走路都很困難，我咒罵這種苦難。但是今天，我喜歡挖土翻地，我覺得挖土這個工作可真有意思！人在挖土的時候才痛快哩！不然，誰來修剪我的樹呢？」他留下了一片待開墾的土地，留下了一個待開發的星球。他的愛遍及所有的土地和地球上所有的樹木。

他為人慷慨、寬厚，而高貴⋯當他以創造的名義和死亡奮戰的時候，他和吉奧麥一樣，是勇敢的人。

三　飛機

吉奧麥，你日夜工作，無論是忙於檢查壓力計，在陀螺儀上求平衡，還是傾聽馬達的聲息，仰靠在一千五百噸重的飛機上，那擺在你面前的，歸根結柢還是人的問題。你很自然地感染了山裡人的高尚品德，像一個詩人那樣欣賞黎明的來臨。在多難的黑夜裡，你從深淵之底盼望著這一束白光，這一片光明從漆黑的東方徐徐湧現。這神奇的噴泉，有幾回就在你面前慢慢融化，當你以為自己就要死亡的時候，它卻療癒了你。

操縱複雜的機器，並沒有把你變成一個枯燥乏味的技師。有些人由於我們在技術上的突飛猛進而驚惶不安，我認為他們是把目的和手段混淆了。誰要是只為希望得到物質利益而奮鬥，他的確就得不到任何有人生價值的東西。然而機器並不是目的，飛機不是目的，而是一樣工具、一件跟犁頭一樣的工具。

我們之所以認為機器坑害人，或許是因為未從長遠的角度，來判斷所遇到的迅猛變化。跟人類二十萬年的發展史比起來，近百年的機器史算得了什麼？我們幾乎才開始採礦和修建發電站，幾乎剛剛住進這個還沒有完工的新居。我們周圍的一切，人和人之間的關係、工作條件、風俗習慣變化得那麼迅速，世人的心理狀況從根本上受到了衝擊。生離、死別、距離、返回等字眼雖然照舊未變，但它們所包含的概念和現實已經今非昔比。為了掌握今天的世界，我們使用的還是為昨天世界而創造的語言。我們覺得過去的生活更符合我們的本性，唯一的理由就是因為它更符合我們的語言。

每一項進步都迫使我們擺脫剛剛才養成的習慣，我們真可以稱得上是一些尚未創造自己家園的移民。

我們大家都是一些未開化的年輕人，新玩具使我們驚奇不已。飛行似乎沒有別的什麼意義，只不過爬得更高、飛得更快而已。我們忘記了為什麼讓它飛，飛行壓倒了目的。事情總是這樣，對於創造帝國的殖民者，生活的目的就是征服；軍人看不起拓荒的移民，但是征服的目的不就是讓這些移民安居樂業嗎？因此，在這種技術進步的浪潮中，我們叫人去修鐵路、建工廠、掘油井，但忘了這些建設是為人服務的。我們的心理狀態，就是士兵去征服時的心理狀態。但是現在我們必須開始開墾建設，必須使這座尚未成形的新居活躍起來。對一些人來說，真理就是蓋房子；對另一些人來說，真理就是住房子。

我們這幢房子無疑將會變得更有人情味，機器本身越是有所改進，它的作用也就越不顯眼。人在工業上的一切努力、所進行的一切計算、所有俯在圖紙上的不眠之夜，都是為了追求單純——為了得到一根柱子、一艘船身，或者一架機身的曲線，使它們和人的胸脯或肩膀所形成的曲線一樣完美自然。這需要幾代人的實踐和經驗。工程師、製圖師、計算員坐在辦公室裡的工作，表面上看來是消除這種人工連接的痕跡，使飛機的機翼得以平衡，使它擺脫粗糙的外表，再也不像是生硬鉤掛在機身上的一種東西。它和機身渾然一體，像是天生而自然張開的一對機翼，宛如一首優美的詩。它所達到的完美程度，不在於多一點不行（再無須添加任何東西），而在於再也不能去掉任何東西了。幾經演變，機器逐漸不露形跡了。

創造的極致意味著自然之美，工具也是一樣。它那所有顯眼的機械作用逐漸變得不怎麼礙眼，就像幾經海水磨洗的鵝卵石，成了一件天然的物品。同樣令人驚歎的是：機器在使用過程中，甚至逐漸被人淡忘它原是一部機器了。

過去我們曾接觸一個複雜的工廠，但今天我們已忘記了馬達的運轉。馬達的作用就是運轉，一如心臟的作用就是跳動。就像我們已根本不注意心臟的跳動一樣，工具也不再引人注意了。我們藉由工具，超越工具，重新發現了古老的大自然，也就是園丁、飛行員，或者詩人的大自然。

飛行員起飛後，他就與水和空氣打上了交道。馬達開動以後，飛機在海面上空滑行，激浪撲打機身，發出鑼鳴似的轟響，人可以在搖晃中工作。隨著飛機速度的增加，人可以感覺到飛機充滿了能量，感覺到這個重達十五噸的金屬物體漸趨成熟，在準備起飛。飛行員手握操縱桿，逐漸地，他的手心好像接受一件禮物那樣接受了這種能力。飛行員一旦接受了這種能力，操縱桿的金屬零件就變成了他能量的使者。當這一能量成熟時，飛行員便以一個比摘果子更為靈活的動作使飛機離開水面，騰空飛行。

四　飛機和星球

1

飛機無疑是一架機器，但這是一架多麼值得研究的機器！它使我們發現了地球的真相。好多個世紀以來，地面上的道路欺騙了我們。我們就像一位女王，想要視察和瞭解她的臣民是否喜歡她的統治，她的臣僕為了矇騙她，在她所到之處，安排了一些好看但虛假的場景，並出錢雇一些人在那裡跳舞。除了這條有意安排的路線之外，女王看不到王國裡的任何事實，她根本不瞭解在那廣闊的鄉村裡那些餓得要死的人正在詛咒她。

我們就這樣沿著蜿蜒的道路向前走著。繞過不毛之地，避開岩石和沙漠，從一個水源奔向另一個水源。這些道路讓農民從穀倉走到麥田，它們在牲畜棚的門口等待著尚未睡醒的家畜，把牠們領到黎明時的苜蓿地裡。它們讓這個村莊連著另一個村莊，讓大家互相嫁娶。即使有那麼一條路竟然穿越一片沙漠，它也是繞了二十道彎以享受那些綠洲之樂的。

這些曲折的道路，好像許多動人的謊言，我們受到了它們的蒙蔽。我們沿著這些道路旅行的時候，經過了許多灌溉得很好的田地、許多肥沃的處女地、許多草原。久而久之，便把我們居住的這個牢籠似的地球的形象美化了，以為它真是滋潤而溫馨的。

但是，我們的目光變得敏銳了，我們獲得了殘酷的進步。由於有了飛機，我們學會了直線前進。我們剛一起飛，便放棄了那些順著飲水槽和牲畜棚蜿蜒於一座座城市的道路。從此，我們擺脫了那些誘人的束縛，放棄了對水源的需要，朝著我們遙遠的目標飛行。從筆直的飛行軌跡高處，我們才發現了大地的主宰，由岩石、沙漠、鹽鹼地組成。在這些地方，就像廢墟坑窪處長著的苔蘚，偶爾在這裡或那裡開放出生命之花。

因此，我們就變成了物理學家、生物學家，來考察這些點綴在谷底的文明。猶如氣候適宜的花園，這些文明有時竟然十分發達昌盛。於是，我們從宇宙的高度來考察人類，以舷艙作為研究的工具，來觀察人類。因此我們得以重溫人類的歷史。

2

飛往麥哲倫海峽的飛行員，在里奧加耶戈斯南部，飛過一條古老的熔岩通道。那些堆壓在平原上的漿礫厚達二十公尺。接著他又遇到第二條這樣的通道，還有第三條。他看到每一個山峰。每一個兩百公尺以上的山丘都有一個火山口。這不是驕傲的維蘇威火山，而像是平原上的一些炮彈坑。

但是今天這裡卻很安靜，這使人感到非常意外。過去當成千的火山爆發時，轟鳴之聲此起彼伏，有如成千架巨大的地下風琴互相應和。現在大家在飛機上看到的，只是一片點綴著黑色冰川的沉默大地。

在更遠的一些地方，有些更古老的火山已經披上了金黃色的小草；有時，在低窪的地方，還長出一棵樹來，好像古缽裡長出一朵花。在黃昏的餘暉下，覆蓋著小草的平原景色宛如一座公園，那麼絢麗，透著文明的氣息。整個平原只在巨大的火山口四周還稍稍有點凸起。一隻野兔在逃遁，小鳥在飛翔，生命占領了一個新的星球，在這個天體上，終於沉積了地上的沃土。

在抵達蓬塔阿雷納斯[6]以前，最後的幾個火山口都填沒了，沿著起伏的火山長出一整片草地，這些火山變得溫和了，每一條裂縫都被這種柔軟的亞麻織品重新補好。地面平坦，坡度很小，令人忘了它們過去的樣子。草地也抹掉了山坡上那些淒慘的痕跡。

這裡是世界上最南端的城市，它在原始熔岩和南極冰川之間碰巧得到了一丁點生存的泥土，離黑色的熔岩那麼近，這真是人類的奇蹟！奇妙的會合！大家不知道這些旅客為什麼參觀這片只適宜短暫居住的花園，就算是地質年代上的一個「代」吧，那也只是諸多歲月中受到賜福的片刻而已。

我在平靜的黃昏時分降落，蓬塔阿雷納斯啊！我靠在一座水泉邊，望著那些年輕女孩。在離她們才兩步遠的地方，我進一步感到了人類的奧祕。生命從來不孤單；在一個生命連著生命，鮮花伴著鮮花，天鵝相互瞭解的世界，只有人類在建造自己的孤獨。

人和人之間，在精神方面，存有多大的距離啊！女孩的夢使我和她隔離，要怎樣才能溝通？對那位低頭微笑，慢慢走進自己家裡的女孩，我又瞭解她些什麼呢？從她情人的思想、言談和默默無言之中，她已經編織好了一個王國。對女孩來說，除了她的情人，別人都是一些野蠻人了。她躲在自己的祕密、習俗和甜蜜的回憶中，勝過躲在另一個星球上。昨天她剛出生於火山、草地或鹽海之濱，現在，她已經半神化了。

蓬塔阿雷納斯啊！我靠在一口井旁，一些老太婆走過來汲水；對於她們的悲慘生活，我只知道這是一項僕役的工作。一個孩子，背靠著牆在啜泣；在我的記憶中，他永遠是一個得不到安慰的漂亮兒童。我是一個局外人，對他們一無所知，無法進入他們的王國。

人類的仇恨、友愛和歡樂的大表演，是在多麼狹小的布景中進行的呀！那些生活在熔岩尚有微溫之地，又面臨沙漠和冰雪威脅的人，是從什麼地方獲得這種永恆的感覺呢？他們的文明只不過是一層單薄的燙金裝飾，一次新的火山爆發、一片新的海洋、一股新的風沙就會把這些文明抹擦得一乾二淨。

這座城市似乎是建立在真正的土壤上，這裡的泥土看似很深厚，像博斯[7]的土地那樣。大家忘記了，這裡和別處一樣，生命是奢侈品，在他們的腳底下，沒有一塊土地是深厚的。但是，在離蓬塔阿雷納斯十公里遠的地方，我見到一個池塘，這池塘為我們證實了這一點。一些長得不好的樹和一些低矮的房屋團團圍繞著它，普普通通有如農莊院子裡的一片水潭。

令人無法理解的是，這池塘卻受著潮汐的影響，在那麼多由蘆葦和嬉戲的兒童構成的平和景物中，這池塘服從於另外一些規律，日日夜夜地進行著它那緩慢的呼吸。在平靜的水面下、在穩定的冰層下、在僅有的一艘舊船底下，月球的力量在發揮作用。在水底深處，股股渦流攪動著這艘黑色的龐然大物。從它周圍，一直到麥哲倫海峽，在點綴著小草和花朵的薄泥土下面，奇異的消化運動連續不斷。移民來到這座城市，定居在大地上，以為找到了自己的家，殊不知這個位於城市門口的水塘，寬不過一百公尺，卻跳動著海洋的脈搏。

6 蓬塔阿雷納斯：一智利城市。
7 博斯：指法國西北部的博斯平原。

3

我們生活在一顆行星上，由於有了飛機，這顆星球的起源便不時展現在我們面前：一個和月亮相關聯的池塘，也說明了這種隱祕的親屬關係。不過，我還發現了其他一些徵兆。

在朱比角和錫茲內羅之間的撒哈拉海岸線上空，我們高高地飛越一些圓錐形的高原。高原的寬度不等，有的只有幾百步寬，有的有三十多公里寬。它們的高度卻驚人地一致，都是三百公尺高。而且，除了高度相等之外，它們的色彩、泥土的顆粒和峭壁的形狀也都是一樣的。如同一座被沙漠掩埋了的廟宇，露在沙漠外面的柱子彷彿證明它是塌陷了的臺基遺跡。這些孤零零的柱子可以證明，這裡曾經是一個遼闊的高原，這些柱子都是這個一體的高原的殘跡。

在卡薩布蘭卡—達卡航線通航的最初幾年，機械設備還很不牢靠，碰上發生了故障，或者需要展開搜尋與救援時，我們不得不經常在抵抗區降落。這時，沙漠可就坑人了；我們以為它堅固，結果陷進了沙裡。還有那些古老的鹽鹼地，似乎是堅硬的柏油，腳踏在上面嘣嘣響，但有時卻承受不了飛機的重量。機輪壓碎了鹽白色的表層，陷進發臭的黑泥沼裡。因此只要情況許可，我們寧願選擇高原上的平坦地方降落：這些地方倒從來沒有埋伏著什麼陷阱。

這種保險，源於一層結實的顆粒粗大的沙土和一堆細小的貝殼。那些鋪在高原表層的小貝殼仍然完好無損，沿著山脊往下走，可以發現貝殼在不斷分離聚合。在高原底部，最古老的沉積層，這些貝殼已經變成了純淨的石灰岩。

海勒和賽爾兩位同事被抵抗部落俘虜期間，我有一次正好降落在這樣一塊地方，為的是送一位摩爾籍的信使。分手前，我和他想尋找一條下高地的道路，但是我們的這塊高地四面都是陡峭的懸崖，懸崖下面是深淵，怪石嶙峋，任何出路都沒有。

然而，在再次起飛去尋找另一塊備降地之前，我在這地方停留了好一會兒。在一塊人獸都從未到過的地方留下了自己的足跡，我像個孩子似的感到高興。沒有一個摩爾人能夠攻占這座城堡，沒有一個歐洲人曾經來此勘探。我在這片原始曠野上來回邁步，用兩隻手來回流撒這種貝殼粉末，宛如流撒著一種貴重的金屬。我是第一個撫弄這些粉末的人，第一個打擾這個沉默世界的人。在這片寸草不生的極地冰川似的地方，我像被風刮來的一顆種子，是生命的第一個見證。

天空出現了一顆明亮的星星，我仰視著它，想像著千萬年以來，這片荒原就是這樣仰望群星，宛如鋪展在純淨天空下的一塊潔白桌巾。當我在這塊桌巾上，離我十五公尺或二十公尺遠的地方，突然發現了一塊黑色石頭的時候，我的心受到了震動。

我身處三百公尺厚的貝殼堆上。在整個廣漠的地層上，是根本不可能形成任何石頭的。在地層深處，由於地球緩慢的演化，可能躺著一些燧石，然而是什麼奇蹟竟然使這種石頭從地層深處蹦到了地層表面呢？我懷著激動的心情撿起了這塊石頭，這是一塊拳頭大小，又硬又黑，有金屬般的重量，狀似一滴眼淚的石頭。

鋪在星空下的桌巾，接收的只能是星球的殘骸。從來沒有一顆隕石像這顆這樣，如此明顯地表明了自己的來歷。

我自然地抬起頭來。我想，從這棵天上的蘋果樹上，應該還可能落下另外一些蘋果。既然千萬年以來，沒有其他東西來打擾它們，而它們也不可能跟其他物體攪混在一起，那麼，我就很可能在它們掉落的地方重新找到它們。為了證實我的這個假設，我馬上展開了探索。

假設終於獲得證實。我差不多在每一公里內，都可以撿到一顆隕石，它們全都有風化熔岩的外觀，和黑金剛石一般堅硬。就這樣，我從這個星球雨量計的高處，近在咫尺地目擊了這場緩慢的流星雨。

4

然而最奇妙的是，在這塊有磁性引力的桌巾和群星之間、在這個行星的拱背上，存在著一個有意識的人。這種流星雨好像一面鏡子裡的映照那樣，進入了他的意識。躺在礦床上做夢，是一個奇蹟。我還記得這樣一個夢……

一次，我迫降在一個沙層深厚的地區，等待著黎明來臨。金黃色的沙丘，對著月亮的一面光輝明亮，另一面則陰暗無光。在這片半明半暗的荒漠地帶，籠罩著一片停工時的平靜和一種潛藏著危機的沉寂。在這深沉的靜默中我睡著了。

等我醒來的時候，除了夜空之外，一無所見。因為我正好躺在一個山丘頂上，雙手交叉，面對一池星星。其深邃高遠，我無從知曉。我上無遮身之屋頂，旁無靠身之根基，甚至連一根樹枝也沒有。我感到頭暈目眩，好像一個潛水夫，吊索已經放鬆，任由身體不斷下沉。

不過，我並未跌下去，從頭到腳，我都貼著大地。軀體的全部重量都壓在大地上，我感到安穩、踏實。我覺得，萬有引力跟愛情一樣是至高無上的。

大地托住了我的腰，把我撐舉起來，在夜空中移動。我緊貼著地球，被一種力量所吸引，就像坐在車子裡面轉彎時的向心力，讓你緊貼在車上。我體會到了這種美妙的依託，那麼牢靠，那麼安全，我感到身體躺在一艘航船的彎曲甲板上。

我清楚地意識到自己在移動。所以，我毫不奇怪自己聽見了從地底傳來的機械呻吟聲，它們在艱難地相互嚙合。我還聽見了返航的舊帆船的嗚咽，聽見了頂風的駁船尖利的長嘯。然而靜寂依然籠罩著大地，我肩膀後面承受的引力依然勻稱和諧，永遠不變。我待在這個地方，就好像那些做苦役的船工死去時，身上綁著鉛塊，沉臥在海底。

我思考著當時的處境，陷落在荒漠之中，除了天上的星星和遍地黃沙，別無所見。我遠離了往日的生活天地，處境相當危險。我知道，如果飛機不來營救或者如果摩爾人明天不來殺死我的話，那我就得花上好些天、好幾個星期、好幾個月才能和夥伴會合。在這裡，我一無所有，只是一個迷失於星光照耀下的沙漠中的凡夫俗子，聊可自慰的是還能意識到自己在呼吸……

然而，我發覺自己仍然充滿了遐想。

那些遐想有如地下水泉悄無聲息。剛開始，我還沒感到這種占據內心的溫馨。它們既無聲息，也無形影，然而是一種真實的存在和一種親切的友誼。而後，我明白了，便閉上眼睛，沉浸在愉快的回憶之中。

那是某地的一個公園，長滿了黑松和椴樹，還有一所我喜愛的老房子。這房子是遠是近，能否溫暖我的肉身或為我遮風擋雨都無關緊要，只要它能成為我的夢想之物，供我打發茫茫黑夜就行了。有那麼一所房子，我便再不是身陷沙漠之人了，我就是這所房子裡的孩子。我回憶起它的氣味、那涼爽的前廳、喧鬧的聲音，乃至沼澤地裡的蛙鳴，彷彿仍在我耳邊迴響。我需要這許許多多的標記來辨認自我，來探索這片荒漠的空虛，來尋覓連蛙聲也聽不到的、這個萬籟俱寂的場所的含義。

不，我再也不是待在星空下的沙漠裡了，我只不過從上蒼那裡接受了一個冰冷的訊息。我曾經以為，我是從上蒼那裡領會到永恆之感，現在才發現它的來源。我看到了房子裡的氣派大壁櫥，櫥門半開，與一疊雪白的床單和冰凍的食物。管家老太太像老鼠似的從一個壁櫥跑到另一個壁櫥前，不停地清點著，把漿洗好的內衣抖開又疊好，反覆數記，不時地嚷叫道：

「啊！真糟糕！」每當發現一處威脅房子永恆的破敗跡象，她便馬上湊到某盞燈下，不惜熬紅雙眼去縫補那些祭壇上的臺布，那些三桅船的帆布，去為一個比她更偉大的——一位神或是一艘船效勞。

呵！我真該為你寫上一頁。當我前幾次旅行歸來，女士，我發現你手拿針線，白色的袍子直垂到膝蓋下面，臉上的皺紋一年比一年多，頭髮一年比一年白。你總是親手為我準備燙平的床單，供我就寢，親手為我鋪上沒有皺褶的桌巾，供我用餐。你親自動手為那些燈火輝煌的節日做準備。我到熨衣室去看你，坐在你對面，對你講述我的危險經歷，只是為了打動你，讓你看看世界，改變你。你說我一點也沒有變，我還是孩子的時候，就弄破了一件件襯衫。呵！真可憐！還擦破了自己的膝蓋，然後，就像今晚這樣，我回到家裡讓你包紮。

不，不，女士！這次，我不再是從園子的盡頭，而是從世界的盡頭回來的。我隨身帶回了苦澀的孤獨，帶回了沙漠的旋風，帶回了熱帶的皎潔月色！

「當然是這樣，」你對我說，「男孩都愛跑，他們傷筋動骨，還自以為強壯。」

但是，女士，不是這樣，我看到過比這園子遠得多的地方！要是你能明白，園子裡這片樹蔭，根本算不了什麼就好了！跟荒漠、岩石、原始森林和沼澤地比起來，這一片樹蔭極為渺小難尋。你是否知道，世界上有一些地方，人家碰到你的時候，立刻就舉起槍來朝你瞄準；你是否知道，世界上有一些地方、有一些沙漠，在這些地區，有人在寒冷的夜晚，睡在露天裡，上無片瓦，下無床褥……

「呵！野蠻人！」你會這樣說。

我不能動搖一個教堂女僕的信仰，更不要說動搖管家婆婆的信仰了。我很同情她，卑微的命運使她耳聾眼瞎……

不過，那天晚上，在撒哈拉沙漠，露宿在星空之下的沙漠，我覺得她有她的道理。

我不知道自己身上發生了什麼事情。地心引力使我和地面連在一起的時候，群星也受到了吸引，還有一種引力把我引向自己。我感覺到自身的重量，把我推向那麼多事物！我的遐想，比這些沙丘、比天上的月亮、比這些身邊之物都要真實。呵！一所房屋的奇妙之處，不在於它能為你遮風擋雨或使你感到溫暖，也不是因為你擁有它的牆壁，而是因為它慢慢地在我們心中累積起來的溫馨之感。它在我們的心底組成了莽莽群山，而我們的遐思，便宛如潺潺的山泉從心底緩緩流出。

我的撒哈拉、我的撒哈拉，羊毛紡紗工也感到了浩浩平沙的魅力！

五　綠洲

我跟你談了那麼多的沙漠，繼續講下去之前，很想向你描述一個綠洲。那個綠洲並沒有消失在撒哈拉的腹地。飛機的另一個奇蹟，在於使你直接投入到神祕的中心。你是這樣一個生物學家，從舷窗研究地面上的人群，漠然地審視著坐落在平原上的城市，它們分布在公路的中心。這些公路呈星形，朝四方輻射，像血管那樣，用田野的汁液哺育著城市。當氣壓表上的指針顫抖一下，飛機底下那一簇綠色就變成了你的天地。你成了這座沉睡草地的俘虜。

衡量遠近的不是距離。我們家花園的圍牆，比中國的長城封藏的祕密更多。一個沉默不語的小女孩的內心祕密，遠比廣袤無邊的撒哈拉沙漠綠洲的奧祕深邃得多。

我來談談在世界某地的一次短暫降落。

那是發生在阿根廷的康科迪亞附近，不過也可以出現在隨便什麼地方：因為神祕是到處都存在的。

我在一片田野上降落。我根本想不到，會親身生活在一個童話故事裡。我搭乘的那輛陳舊福特汽車沒有絲毫特別之處，接待我的那對和藹夫妻也無任何特別。

「我們可以留您過夜……」

在道路轉彎的地方，月光下出現了一片樹林，樹林後面，就是那戶人家。房子十分奇特！矮矮的，堅實牢固，像一座堡壘。穿過門廊，這座神奇的城堡就向你提供了一個安靜而可靠的庇護所，跟進了修道院一樣安全。

這時，出現了兩個年輕的女孩，她們嚴肅地打量著我，有如兩個守候在紫禁城大門口的執法官。年幼的女孩撇了撇嘴，用一根綠色的木棍敲敲地面，然後，主人做了介紹；她們一言不發地跟我握手，面帶奇怪的挑戰神色退了出去。

我感到開心和有趣。一切是那麼簡單、安靜和詭祕，好像是一樁祕密的開頭。

「嘿！嘿！她們都是沒有見過世面的野女孩。」父親隨口說。

我們進了屋子。

在巴拉圭，我喜愛長在首都街石縫隙間的小草——這些小草頗具嘲弄意味，來自世人看不見但又確實存在的原始森林，到城裡來看看，是不是人類老是占領著城市，是不是到了該擠壓一下那些石頭的時候了。我喜愛這種形式的衰頹，有一種旺盛的生機。這地方使我驚歎不已。

這地方一切都呈現出令人驚奇的破舊。有如一株老樹，因年深日久而龜裂，樹身布滿青苔；又像一條木凳，坐在上面談情說愛的情人已達十多代了。護壁的木板陳舊破損，門窗也被蛀損，椅子搖搖晃晃。雖說沒修理過，卻總是有人殷勤地打掃，一切都顯得很清潔，熠熠閃光。

客廳給人的印象特別強烈，就像一個滿臉皺紋的老太婆。牆壁和天花板都有了裂縫，我對這一切都非常欣賞，尤其是那些鑲木地板，東塌一塊，西歪一塊，好似一座舷梯，但都被擦得乾乾淨淨，閃耀著光芒。真是一所奇怪的房子，它給人的印象，不是疏忽與隨便，而是一種特殊的尊敬。它無疑每年都增添一分魅力，面貌更加豐富多彩，友善的氣氛更加強烈。從另一方面來說，也使從客廳去飯廳的必經之路變得更加危險。

「小心！」

這是一個坑洞。他們說，碰上類似的洞，我的腿很容易就會弄斷的。至於這個洞，它是時間的傑作。這裡的居民光明磊落，特別鄙視任何掩飾和藉口。他們沒有說：「我們可以填平這些坑洞，我們有錢，不過……」他們也沒有說：「這房子是我們向市政府租來的。租期三十年。修理本該歸市裡負責，但大家都很固執……」

他們不屑於任何解釋，如此灑脫，使我非常欣賞。他們頂多說一句：「嘿！嘿！這屋子有點破舊了……」

他們說這句話時，語調是那樣輕鬆，我猜想他們並不因此而憂慮。你看見了嗎？一群由泥水匠、木匠和油漆工組成的隊伍，在這樣一個有悠久時光的地方，拿起他們那無所顧忌的工具，一個星期之內，把房子重新翻修一遍，讓你認不出它的原來面目，還以為自己是來訪的客人哩！一座房子，沒有祕密、沒有隱蔽的角落、沒有機關或密室，不就成了市政府的一間會客室了嗎？

在這樣一所魔幻的房子中，兩個年輕女孩消失了是很自然的事情。客廳裡陳列著閣樓的物品，那麼閣樓裡該是什麼樣子呢？我們可以猜想，那半開的小壁櫥裡，放的是成捆和散了捆的發黃文件，以及曾祖父留下來的收據，一串又一串的鑰匙。鑰匙的數目比家裡的鎖還多，而且開不了任何一把鎖。這些奇妙無用的鑰匙，使人想起地下室埋藏著的珍寶匣和金幣。

「我們去吃飯，好嗎？」

我們往餐廳去。從一個房間到另一個房間，我聞到一股陳舊圖書的氣味，像香爐裡散發出來的香味，這味道勝過世上所有的香味。我特別喜歡那些移動的燈火，尤其那些很重的檯燈，人家把這些檯燈從一間屋推到另一間屋，猶如我遙遠的童年時那樣，燈光在牆壁上映現出一些奇妙的影子，有一片片的光明和一塊塊的黑影。燈盞一旦固定了位置，光明也就不再變動了，周圍一片黑暗，燃燒的柴火在黑暗中劈啪作響。

兩個女孩又神祕地出現了，她們的來去無聲無息，她們莊重地坐在桌旁。她們大概餵過了小狗和鳥，迎著月色打開了窗戶，呼吸著順風吹來的樹木花草的氣味。她們打開餐巾，用眼角謹慎地瞄著我，心裡想著是否可以把我歸入她們熟悉的動物行列。她們已經有了一條蠹蜥、一隻蛇獴、一隻狐狸、一隻猴子和一窩蜜蜂。所有動物混居在一起，相處得很融洽，組成了一個新的人間樂園。她們管轄著這些與世俱來的動物，撫弄牠們，給牠們吃喝，跟牠們講故事，從蛇獴到蜜蜂，都聽得津津有味。

我料想這兩個活潑的女孩，正運用她們全部的批判精神和敏感力，對她們面前的這個男人進行一次迅速、祕密和關鍵性的評價。童年時，我的姊妹就是這樣給那些第一次光臨我家吃飯的客人評分的。談話停下來的時候，突然靜默中傳來一個響亮的聲音：「十一分[8]！」除了我和我的姊妹，誰也體會不出這句話中的奧妙。

這種把戲使我頗感惶惑。特別令人局促不安的是，這兩位裁判員十分內行。她們知道如何區分弄虛作假的動物和天真幼稚的動物，從狐狸的足跡上就能看出脾氣是否溫和平易。她們對於內心活動具有深刻的瞭解。

我很喜歡她們敏銳的眼睛和正直的心靈，不過我寧願她們改換遊戲。因為害怕十一分，我殷勤地幫她們遞鹽、倒紅酒。但是當我抬頭看時，又看到了那莊重嚴肅的裁判神情。她們不受賄賂。

---

8 十一分：法國學校的評分制度中，最高分為二十分，十二分及格，十分、十一分須補考。

阿諛奉承也無濟於事：她們不知虛榮為何物。她們儘管不懂虛榮，卻懂得自尊。她們對自己評價頗高，根本用不著我來恭維。我也沒想到利用職業的魅力，因為這就像爬到梧桐樹梢上去，為的是查看一下那窩雛鳥的羽毛是否豐滿、為的是向朋友問個好，屬於另一種類型的膽大妄為。

這兩個沉默的仙女靜悄悄地看著我吃飯，我常常碰到她們偷視的目光，只好停止說話。在一陣沉寂中，有東西在地板下輕輕移動，桌子底下有輕微的嘶嘶聲，然後又停止不響了。我舉目張望，神色困惑。做妹妹的大概對她的考察表示滿意了，但還要使用最後一塊試金石。她用年輕尖利的牙齒嚼著麵包，簡單而天真地向我解釋。她肯定是想用這種坦率態度來驚嚇一下野蠻人，假定我就是這樣一個野蠻人的話。

「這是那些蝮蛇。」

她沉默了，滿意了，覺得這樣的解釋對任何不太笨的人足夠了。她姊姊閃電似的瞟了我一眼，想判斷我的第一反應。兩個人同時低頭看看餐巾，面孔十分溫柔而天真。

「啊！是幾條蝮蛇……」

我很自然地脫口而出。這些在我腿間爬行、擦著我的小腿蠕動的東西，竟是些蝮蛇……

幸好我在微笑，而且很自然：她們也似乎感覺到了這一點。我微笑，因為我高興，因為我真的越來越喜歡這戶人家了，也希望能更瞭解這些蛇。姊姊來幫我的忙了。

「牠們的窩，在桌子底下的一個洞裡。」

「牠們晚上十點回到洞裡。」妹妹補充說，「白天，牠們出去獵食。」

現在輪到我來偷覷這兩個女孩了。她們敏感而溫柔的臉上總是掛著無聲的微笑。我很欣賞她們所管理的這一個王國……

而今，我進入夢鄉，這一切都很遙遠了。這兩位仙女又變成什麼樣子了呢？她們大概結了婚。那麼，她們變了嗎？從年輕女孩變成女人，可不是小事。她們現在在新房子裡幹什麼呢？她們和野草及蝮蛇的關係又怎樣了呢？以前她們和某種普遍的東西混合在一起，但是終於到了這一天：少女情竇初開，幻想著俘虜一個十九歲的青年。一個十九歲的青年，使她心事重重。於是出現了一個傻瓜，敏銳的眼睛也第一次看不準了；在她眼中，這傻子容光煥發。傻小子要是會念幾句詩，她就以為他是詩人了。她以為他理解那些有破洞的地板；以為他喜歡蛇獴那樣的動物；以為，桌子底下，在人的兩條腿之間遊走的蝮蛇的信賴，會討他喜歡。她把自己的心給了他。她的心可是一座未開化的原始花園，他卻只喜歡經過人工細心照料的園子。傻小子把公主變成他的奴隸帶走了。

六　在沙漠裡

1

我們這些撒哈拉航線的飛行員，作為沙漠的俘虜，長年累月從一個堡壘飛向另一個堡壘而不折回的時候，那些樂趣就跟我們絕緣了。這片沙漠裡根本沒有類似的綠洲，沒有花園，也沒有女孩，那都是一些神話。當然，在很遠的地方，在那些任務一旦完成，我們重新生活的地方，有好多女孩等待著我們。當然，在那裡，在她們的蛇獴或書籍之中，她們逐漸成為動人的靈魂，她們也變得更美麗了……

但是，我瞭解孤獨。三年的沙漠生活教我飽嘗了孤獨的滋味。在沙漠裡，大家根本不擔心耗費在曠野間的青春，但是在遙遠的地方，整個世界似乎都在老去。樹開花，結果；地長麥，產糧；女人都很漂亮。春去秋來，必須趕快歸鄉……可是春去秋來，我們仍在遠方羈留……大地的財富像指間細沙溜走了。

通常，世人對時間的流逝並不敏感。他們生活在一種暫時的平穩狀態中。但是我們飛行員，每當在中途站降落，信風向我們撲面吹來的時候，就能感到時間的流逝。我們好像是快車上的旅客，漫長的黑夜裡，滿耳都是車輪滾動的聲音，迎著車窗外面的束束燈光，想像著那駛過的田野、村莊、旅店以及它們的動人之處。可惜是坐車旅行，什麼都挽留不住。我們飛行員也是這樣，雖然中途站一片靜寂，我們耳朵裡仍然充滿了航機的轟鳴，感覺自己仍在飛行，正乘風飛向一個未知的將來。

抵抗部落增加了沙漠的風險。朱比角的夜晚，每隔一刻鐘哨兵便依次大聲呼叫著口令，互相示警。陷在抵抗部落之中的朱比角的西班牙堡壘，就是這樣來防範那些不露形跡的威脅的。我們作為這艘盲目船舶上的過客，聽見這種由遠及近、從低到高的呼叫聲，像海鳥般在我們頭頂迴旋飛舞。

然而，我們還是愛上了沙漠。

沙漠給人留下的最初印象，是空蕩蕩和靜悄悄，之所以這樣，是因為它根本不喜歡朝三暮四的情人。我們家鄉的一個普通村莊，如果我們不為它而捨棄世界的其餘部分，不進入它的傳統風俗，不瞭解它的冤家對頭，我們就不會理解它為什麼是某些人的故鄉。就在離我們兩步遠的地方，那個把自己禁錮在斗室之內，按我們感到陌生的規矩而生活的人，我們也無從理解。他顯得那麼孤獨，像生活在遙遠的與世隔絕區域，沒有任何一架飛機能把我們帶到那個地方。我們想去參觀他的囚房嗎？它空蕩蕩的。這人的王國在他的心裡。因此，沙漠根本不是由沙子組成的，也不是由圖阿雷格人[9]或帶槍的摩爾人組成的。

比如今天，我們感到口渴了，才發現我們過去認得的那口井，它浸潤的地域非常遼闊。一個女人的身影可以使全家感到欣慰。一口井也像愛情一樣，可以惠及遠方。

沙漠最初是荒涼的。後來，因為我們害怕打家劫舍的土匪會來，學會了觀察他們穿的大氅印在沙地上的褶痕。土匪也改變了沙漠的面貌。

我們接受了遊戲規則，遊戲則按自己的形象來塑造我們。撒哈拉就體現在我們身上。走入沙漠並非為了參觀綠洲，而是要把一口水井變成我們的宗教。

2

我第一次出航就領略了沙漠的風味。黎蓋勒、吉奧麥和我，我們三個人駕駛的飛機迫降在諾克紹的一個小堡壘附近。這個茅利塔尼亞的小哨所像海中的孤島，是與世隔絕的。一位老中士帶領著十五個塞內加爾士兵困守在那裡，他像歡迎天外來客那樣接待了我們。

「啊！能跟你們說說話，我實在是感到難得的榮幸，這對我來說真是非同小可的事情！」

這是他難得的榮幸，他哭了。

「六個月以來，你們是第一批來客，人家每隔半年給我們送一次補給。有時是中尉來，有時則是上尉來。」

我們下了飛機，感到有點頭昏腦脹。離達卡還有兩小時航程的時候，飛機上的連動桿跳動了一下，我們的命運也發生了變化。我們像天使一樣，出現在熱淚縱橫的老中士身邊。

「來，乾一杯！我很高興能向諸位敬酒！諸位想想！上尉上次來的時候，我竟拿不出酒來請他。」

我曾在一本書裡講過這件事，它並非虛構的故事。老中士對我們說：

「最後那一次，我甚至沒能敬酒……我感到無比的羞愧，甚至提出了換防。」

乾杯！跟跳下駱駝、汗流浹背的客人乾上一大杯！在這地方待了整整六個月的人，不就是盼著這一刻嗎？一個月以前，他們就開始擦拭武器，打掃哨所，從底層到閣樓，收拾得乾乾淨淨。幾天以來，喜慶的日子越來越近了，便站在沙丘的最高處，毫不懈怠地眺望著地平線，希望發現那飛揚的塵土。從阿達爾來的機動巡邏隊到來時，總是要掀起一大片塵土的……

但是已經沒有酒了：大家無法慶祝節日了。不能碰杯了，他們都覺得很丟臉。

「我盼著他回來，我等著他……」

「中士，他現在在什麼地方？」

中士指著沙漠說：「我不知道，上尉是到處都去的人！」

在小堡壘的陽臺上數星星的晚上是很真實的。沒有別的什麼東西可看，只有天上的星星，一覽無遺，就像在飛機上看到的那樣，只不過現在的位置是固定不變的。

飛行的時候，當夜景過於迷人，我們就不再操縱飛機了，而是任它隨意飛行，它就慢慢地向左傾斜。當我們在右側機翼下發現一個村莊，還以為飛機是水平飛行哩！但沙漠裡根本沒有村莊。那麼，就是在海面上行走的一隊漁船？但是在撒哈拉的大漠之上，哪來的漁船？這時，我們才因為自己的錯誤而微笑起來。慢慢地，我們讓飛機上升，村莊恢復了原來的位置。我們又把曾經墜落的星星掛上了天空。村莊呢？是的，是星星的村莊。然而，從小堡壘的高處極目遠望，卻只能看見一片綿延的沙丘，像海面上起伏的波浪。沙丘紋絲不動，星座高懸。中士跟我們談起了那些星座。

「您瞧！我對自己的方向認得可準了！……對準這顆星的方向，筆直走下去就是突尼斯！」

「你是從突尼斯來的嗎？」

「不是。但我表妹是。」

沉默了好長一段時間。但是中士什麼也不想對我們隱瞞：「總有一天，我會去突尼斯的。」

當然，他會經過另外一條道路，而不是朝著這顆星走去。除非遠行的途中，一口乾涸的井使他詩興大發。那時，星星、表妹和突尼斯就會混在一起，他才會開始這場受神靈啟示，而對凡夫俗子來說，卻是痛苦的進軍。

「有一次，我曾向上尉請假到突尼斯去找我表妹，但他回答說……」

「他回答你了？」

「他說：『世界上表妹多的是。』於是，他打發我去了達卡，因為那地方離這裡不太遠。」

「你的表妹漂亮嗎？」

「您問的是突尼斯的那位表妹嗎？那當然囉！她是一位金髮美女。」

「不，我問的是達卡的那位表妹，她怎麼樣？」

「她是一位黑人美女……」

「中士，因為你這頗為氣惱而憂鬱的回答，我們真想擁抱你。」

中士，撒哈拉對你來說意味著什麼呢？它意味著向你走來的一位神明。同時，它也意味著離沙漠五千公里之遙，有一位溫柔又可愛的金髮表妹。

沙漠對我們而言呢？它意味著在我們心中所產生的一切。它意味著我們從自身所學到的一切。那天晚上，我們也愛上了一位表妹和一位上尉……

3

艾蒂安港[10]位於尚未被征服的領土邊界，它並不是城市，在這裡只能找到一個小堡壘、一座倉庫和一個堆放從我國本土運來的設備的木棚。這些設施的四周，只有沙漠。因此，儘管艾蒂安港的軍事力量薄弱，卻幾乎是不可戰勝的。要攻占它，必須穿越一條沙帶和一片火力網。武裝的阿拉伯匪徒只有走得筋疲力竭、糧盡水缺，才能到達。不過大家記得，在北方的某地，總有一股匪徒向艾蒂安港前進。每當總督來駐地喝杯茶的時候，他就在地圖上把進軍路線指給我們看，就像講述一個美麗公主的佳話。

但是這股匪徒從來就沒有到達過，這些行動好似一條江河，河水都被沙漠吸乾了。於是，我們的手榴彈和槍彈，都靜靜地躺在床底下的彈藥箱裡。總之，我們由於貧困而有恃無恐，除了寂靜之外，再沒有什麼敵人和對頭需要防範和對付了。機場負責人呂加日夜開著留聲機，這東西離現實生活太遠，講的是一種半通半不通的語言，引起我們無端的憂鬱，酷似一種難平的奇渴。

那天晚上，我們在小堡壘裡吃晚飯，總督讓我們欣賞他的花園。他從法國弄來三箱真正的泥土，這是經過了四千公里的長途跋涉才到達的。泥土裡已經長出了三片葉子，我們撫摸著這些綠葉，猶如撫摸珍貴的首飾一樣。總督說：「這是我的花園。」當那可令一切乾枯的沙漠之風刮起來時，我們就把它搬進地窖裡去。

我們住在離堡壘一公里遠的地方，晚飯後就踏著月色回去。月光下的沙漠是粉紅色的。我

10 艾蒂安港：茅利塔尼亞的第二大城市。現名為努瓦迪布。

們一無所有，沙漠卻是粉紅色的。哨兵的呼喊，恢復了它的悲涼。整個撒哈拉都因我們的影子而擔驚受怕，整個撒哈拉都在訊問我們口令，只因為有股土匪正在行動。

哨兵的呼叫迴響在沙漠中，沙漠再也不是一座空蕩蕩的房屋了；摩爾人的商隊使夜晚充滿了吸引人的力量。

我們自以為安全，然而，疾病、意外、土匪等諸多威脅都在準備乘隙而入：人在世上成了暗槍冷箭的靶子。塞內加爾哨兵有如預言家，提醒我們注意這些威脅。

我們回答說：「法國人！」然後，從黑天使前面走了過去。我們呼吸得自在些了。呵！這威脅使我們變得多麼高尚……由於沙漠的存在，使這威脅非常遙遠，並不緊迫、嚴重。不過世界再也不是原來的世界了。沙漠又變成壯麗的了。那股土匪在某處行進，卻永遠到達不了，倒使沙漠神聖化了。

晚上十一點，呂加從無線電臺回來，說半夜有一架從達卡來的飛機。機上一切設備正常，零點十分以前會把郵件轉運完畢，我將在零點十分起飛，飛往北方。我對著一面破鏡子，仔細地刮著鬍子，脖子上搭著毛巾，我隔一會兒便跑到門口看一看光禿禿的沙漠。天氣很好，風也停了。我回到鏡子前，心想：本來一刮好幾個月的風，一旦停下來反而會攪亂天空。於是，我做好一切準備：緊急照明燈扣在皮帶上，還有高度計、鉛筆等。我去看雷里，他是我當晚飛機上的通訊員。他也在刮鬍子，我問：「可以嗎？」他說還算妥當。這種起飛前的準備，是飛行中最基本的工作。但是我聽見劈啪一聲響，一隻蜻蜓碰到了燈上，不知為什麼，這蜻蜓使我心緒不寧。

我又出去看了看：一切都很純淨。沿著地平線的一塊峭壁，宛如大白天一樣清晰地顯現在天際。寂靜籠罩著整個沙漠，一切顯得井然有序。可是，有一隻青蛾和兩隻蜻蜓撞到了燈上，我再次產生一種模糊的感覺，也許是喜悅，也許是憂愁。這是一種發自內心的感覺，隱隱約約，十分朦朧，好像有人從很遠的地方跟我說話。這是不是一種本能呢？

我又出去了一次，風完全停息了，天氣那麼涼爽。但是我接收了某種預言。我猜測著我所等待的東西：到底對不對呢？天空和沙漠都沒有任何暗示，但是兩隻蜻蜓告訴了我，還有一隻青蛾。

我爬上沙丘，面朝東坐下。如果我是對的，那不須等多久就會發生了。那些蜻蜓到這個離綠洲有幾百公里的地方，來尋找什麼東西呢？

漂到海灘上的船舶殘骸，證明海上颶風正在橫行肆虐。因此，這些昆蟲預告著一場沙漠風暴的到來，這是來自東方的風暴，它摧毀了遠方青蛾棲息的棕櫚林。它的泡沫已經濺到了我身上。沙漠裡刮起了東風，威嚴肅穆。它是一種標誌、一種嚴重的威脅，預告著一場大風暴，我幾乎聽到它微弱的喘息聲了。我是波浪將要吞沒的那塊海岸界石。在我身後二十公尺遠的地方，沒有一塊布條會飄動。灼熱的空氣有一瞬間包圍了我，有如死神的撫摸。然而我清楚地知道，幾秒鐘後，撒哈拉喘過一口氣，將發出第二聲歎息。三分鐘之內，倉庫的通風管就會搖晃起來。十分鐘之內，飛沙就會充滿天空。而我們也將在這場大火中，在沙漠的烈焰中展翅高飛。

但是，使我激動的並不是沙漠風暴，使我感到一種原始樂趣的，乃是只需聽半句就懂得了一種祕密的語言。我像一個憑細微聲息就能預見全部未來的原始人，發覺了一種跡象。使我感到快樂的是，我從一隻蜻蜓拍打翅膀的動作中，讀出了沙漠即將爆發的憤怒。

4

我們跟那些尚未歸順的摩爾人打交道。在飛行的時候，我們要穿越他們被封鎖的領土。這些摩爾人從禁區的腹地鑽出來，跑到朱比角或是錫茲內羅的小城堡，來買糖塊或茶葉，然後重新鑽入他們神祕的內地。他們進城的時候，我們試著接近他們中的一些人。

要是碰上他們當中一些有影響力的意見領袖，在徵得郵航公司的同意後，就把他們帶上飛機，循著航線的方向飛行。這樣做的目的是，讓他們看看世界，挫挫他們的傲氣，因為他們屠殺那些被俘的人時，往往是鄙視多於仇恨。他們在堡壘附近碰上我們的時候，並不辱罵，而只是背著我們吐口水。這種高傲，來自一種自以為強大的幻覺。他們中不少人，建了一支有三千支槍的隊伍，便向我反覆地說：「你們住在要行軍一百多天才能到達的法國，算是運氣好了。」

於是我們陪他們中的三個人散步，參觀了陌生的法國。有一次他們陪我到了塞內加爾，因為看見了一些樹而激動得哭了起來。他們就是這樣的種族。

我進到他們的帳篷裡時，他們正在表演歌舞，有裸女在花叢中跳舞。這些人從來就沒有見過一棵樹、一座水泉，也沒有見過一株玫瑰。他們只是經由那部絕無僅有的《可蘭經》，才知道花園的存在，花園裡流動著潺潺的溪水，就是他們的天堂。他們只有經過三十年窮困潦倒的日子，忽然挨了不義的一槍，悲慘地死於沙漠之後，才能獲得這個天堂和那些美麗的女奴。但是他們被欺騙了，因為法國人可以得到所有這些財寶，卻無須以飢渴與死亡作為代價。因此，老酋長開始沉思起來。他們想起在帳篷四周伸展開來，伸向遠方，直通死亡的撒哈拉大沙漠，只能提供如此稀少的歡樂時，便向我們講了心裡話：

「你要曉得……你們法國人的神……遠比摩爾人的要慷慨得多！」

幾個星期以前，人家帶他們去了法國的薩瓦。導遊領他們來到一座大瀑布前面，這瀑布有如編織起來的一根柱子，發出咆哮之聲。

「你們喝喝看吧！」導遊對他們說。

這是淡水。啊！淡水！在沙漠裡，要走多少天才能到達最近的水井。而且，找到了這口井之後，還要花多少小時來挖空填在裡面的沙子，以及混合著駱駝尿水的爛泥呀！水！在朱比角、在錫茲內羅、在艾蒂安港，摩爾人的孩子從不乞討錢財，他們手裡拿著一個罐子，他們討的是清水：

「要點水，請給點……」

「幫幫忙吧。」

水非常寶貴，小小的一滴水可以使沙土裡長出一株碧綠晶瑩的小草來。如果在沙漠的某個地方下了一場雨的話，那裡就會跑來大批的移民，撒哈拉就會熱鬧起來。部落朝著三百公里以外小草長出來的地方移動。水是那麼小氣，十年來也不曾降一滴到艾蒂安港。如今它卻在這裡奔騰咆哮，好像全世界所有的水都是從這個缺口的蓄水池裡流出來的一樣。

「我們走吧。」他們的導遊說。

但是他們卻一動不動。

「請讓我們再……」

他們住口沒有再說了，只是嚴肅地目睹著這莊嚴神祕的一幕。這些從大山的肚子裡流出來的東西，就是生命、就是人的血液。一秒鐘的流量足以救活好些沙漠旅行隊，而這些旅行隊卻因為渴得發昏，而投入了無窮的鹽湖和海市蜃樓的懷抱之中。神就在這裡現身了；世人不能對祂置之不理。祂打開了閘門，顯示了威力，三個摩爾人一動也不動地待在那裡。

「你們難道還會看見更多東西嗎？」

「必須等一等。」

「等什麼？」

「等它流完。」

他們想等到神累了的時候。神很快就會後悔的，祂小氣得很。

「但這水，千百年來就是這樣流淌著的呀！」

那天晚上，他們不再堅持要留在瀑布旁邊了。對有些奇蹟最好保持沉默，甚至最好不要想得太多，否則你就什麼都弄不清楚了，甚至會懷疑神了……

「法國人的神，你是不是看見……」

但是我這些尚未開化的朋友，我很瞭解他們。他們待在那裡，信仰受到了干擾，腦子裡產生了困惑，從這以後，很快就要認輸歸順了。他們夢想法國後勤部供應大麥，法國派駐撒哈拉的軍隊保障安全。的確是這樣，他們一旦歸順，物質條件就能得以改善和發展。

但是他們三個人都是特拉爾薩酋長埃爾．瑪蒙的後代（我想我可能把他們的名字寫錯了）。

我認識埃爾．瑪蒙。他成為我們的臣民時，因竭誠服務受到官方賞識，靠總督發了財，得到各個部落的尊敬。在物質財富方面，他似乎無所不有。可是，在一個毫無徵兆的夜晚，他竟殺死了在沙漠裡陪伴著他的那些軍官，搶走駱駝和槍支，逃回那些尚未歸順的部落。

這個從此便在沙漠中逃亡的酋長，說不定哪天遇上了阿達爾巡邏隊的狙擊，那短暫的榮華就會像一顆火箭，頓時煙消雲散。世人把他這種突如其來的反抗、這種既英勇又絕望的逃亡、這種轉瞬即逝的榮華叫作「背叛」，並且對這種瘋狂的舉動感到震驚。

然而，埃爾．瑪蒙的故事也就是許多其他阿拉伯人的故事。埃爾．瑪蒙老了。一個人到了老年的時候，就會開始思索。於是有天晚上，他發現自己背叛了信仰，還發覺和基督徒進行的交易弄髒了自己的手，並在這場交易中失去了一切。

確實，大麥與和平跟他又有什麼關係？他是失節的戰士，後來又成了牧羊人。他記得自己曾經住在撒哈拉，那裡每一片起伏的沙漠都潛藏著無數威脅；那裡黑夜中前進的隊伍把巡夜的警衛派到了前哨；那裡有關敵人活動的消息，使圍著篝火坐著的人心跳加速。他還回憶起航海的滋味，一個人只要嘗到一次這樣的滋味，就一輩子也忘不了了。

如今，他默默無聞地在這片平息了的土地上流浪。今天只有撒哈拉仍是一片沙漠。他殺死的那些軍官，他也許敬愛過他們。但是對信仰的愛壓倒一切。

「晚安，埃爾．瑪蒙。」

「真主保佑你！」

那些軍官用毯子把自己裹起來，躺在沙漠上，好像躺在木筏上一樣，仰望星空。看著滿天徐徐移動的星斗，看著標誌著時辰的夜空，看著由智慧之神領進太虛，斜照著沙漠的月亮。基督徒就要入睡了。又過了幾分鐘，只有星星還繼續發著光。於是，為了讓衰落的部族重新恢復昔日的繁榮昌盛，為了繼續這種唯一能使沙漠輝煌燦爛的追逐，只須讓這些基督徒發出一聲輕微的呼叫，就可以使他們永久沉睡不醒了……又過了幾秒鐘，一個新的世界就將從無法挽救的事件中誕生……

就這樣，他殺死了那些沉睡的漂亮中尉軍官。

5

今天在朱比角，格瑪爾和他的兄弟莫亞勒請我去做客，我到他們的帳篷裡去喝茶。莫亞勒靜靜地望著我，頭巾垂到嘴唇下，看起來有一種野蠻的克制。格瑪爾一個人跟我說話，向我獻殷勤：

「我的帳篷、我的駱駝、我的女人、我的奴隸都是屬於你的。」

莫亞勒目不轉睛地盯著我，俯身和他兄弟說了幾句話，然後又恢復了沉默。

「他說什麼？」

「他說：『包拉富偷了赫蓋巴家一千頭駱駝。』」

這個包拉富上尉是阿達爾駱駝巡邏隊的一個軍官，我並不認識他。但是我透過摩爾人知道了很多他的傳說。摩爾人談起他來都很憤怒，但又似乎是在談起神那樣。他的存在提高了沙漠的價值。今天，他神不知鬼不覺地出現在向南方前進的武裝土匪背後，偷了他們幾百頭駱駝，迫使他們轉回來對付他。這次奇襲，給阿達爾解了圍，他把營房安紮在一片石灰質的高地上，就像一種可靠的保證那樣，昂然挺立在那裡。他的影響巨大，各部落紛紛而來，要與他決一死戰。

莫亞勒更凶地盯著我，又跟他兄弟說起話來。

「他說什麼？」

「他說：『我們明天出發去參加反對包拉富的隊伍。有三百支槍。』」

我已經猜到了一些事情，三天以來，人家牽到井邊來的那些駱駝、那些交談、那種熱情，似乎都是在裝配一艘看不見的帆船。將把船隻帶走的海風已經刮起。因為包拉富的存在，向南方邁出的每一步都充滿了光榮。我再也無法判斷，這樣的出發包含的是恨還是愛。

世界上存在著這麼一個漂亮該死的敵人倒也很有意思，他到哪裡，哪裡的部落就捲起帳篷，集合起駱駝逃之夭夭了。他們害怕正面碰上他，可是那些最遠的部落卻像墜入愛河般神魂顛倒起來。他們拋棄了帳篷下的和平，掙脫了女人的擁抱，放棄了幸福的睡眠，經過兩個月向南方的艱苦行進，又渴又累。飽嘗風沙的折磨，只為在黎明時衝向阿達爾的巡邏隊，殺掉包拉富上尉。假如神允許的話，世界上沒有任何別的事物比實現這個心願更有價值了。

「包拉富非常厲害。」格瑪爾向我承認說。

現在我知道他們的祕密了。他們就像那些喜歡某個女人的男人，夢見了她散步時漫不經心的腳步，整個晚上也會心如火焚、輾轉反側。包拉富遙遠的腳步聲折磨著這些摩爾人。這個化裝成摩爾人的基督徒，領著他的兩百個海盜，避開那些仇家的跟蹤，鑽進抵抗區。在那個擺脫了法國束縛的地方，即使是最差勁的一個士兵也會從奴役中醒來，把他放在石頭祭桌上獻給神，而不至於受到懲罰。只有他的威望才能震懾他們，甚至就是他本身的弱點也能使他們害怕。那天晚上，當他們呼呼酣睡時，他在他們當中若無其事地走來走去，而他的腳步聲響徹了沙漠的心臟。

莫亞勒思索著，待在帳篷的角落裡一動不動，宛如一座藍色花崗岩的淺浮雕。只有他的兩隻眼睛在閃閃發光，還有他那雪亮的銀匕首，可不是小孩子的玩具。自從他回到了土匪隊伍，變化可大了！他感到從未有過的高傲，對我不屑一顧，因為受仇恨的驅使，他就要去找包拉富，要在黎明時開拔。這種仇恨，卻又打上了愛的一切標誌。

他又一次朝他兄弟俯過身去，低聲說著話，眼睛卻盯著我。

「他說什麼？」

「他說如果在遠離堡壘的地方碰上你的話，他就會開槍打死你。」

「那是為什麼？」

「他說：『你雖然有飛機和無線電，你雖然有包拉富，但你沒有真理。』」

莫亞勒穿著藍袍，褶襉分明，像座石雕，一動不動，對我加以審判。

他說：「你像山羊似的吃生菜，像豬玀似的吃豬肉，你們那些無恥的女人拋頭露面。你還從不祈禱。如果你沒有真理，你的飛機、無線電和包拉富又有什麼用呢？」

我非常欣賞這個摩爾人，他保衛的不是自身的自由，因為在沙漠裡，每個人都是自由的。他保衛的不是那些肉眼看得見的財富，因為沙漠是一無所有的不毛之地，他是在捍衛一個祕密的王國。在浩瀚寂靜的沙漠裡，包拉富領著他的巡邏隊，有如一個老海盜，因為有了他，朱比角的營房再也不是遊手好閒的牧羊人之家。包拉富風暴威懾著它的側面；由於他的原因，晚間眾人把帳篷擠在一起。在南方，這種沉寂多麼使人膽戰心驚，這是包拉富式的沉寂！而莫亞勒、一個老獵手，在風中傾聽著包拉富的行進步伐。

包拉富回到法國的時候，他的敵人不但未因此而歡欣鼓舞，反而為他流淚，好像他帶走了生活中的一份樂趣，連沙漠的一極也帶走了。他們問我：

「為什麼你的包拉富要走呢？」

「我不知道。」

幾年以來，包拉富與他們進行了生死搏鬥，把他們的規則變成了自己的規則。他睡覺的時候，腦袋枕在他們的石頭上。在永恆的追逐中，他像他們一樣瞭解了《聖經》上說的由星星和風組成的黑夜。他離開的時候，又沒有按已定規則，隨隨便便就離開了賭桌，留下了摩爾人單獨玩。而摩爾人對於那種不再要求男人賣命的生活的意義喪失了信心，他們畢竟還是願意相信他的。

「你的包拉富，他會回來的吧？」

「我不知道。」

包拉富會回來的，摩爾人這麼想。歐洲的遊戲將再也不能使他感到滿足了，還有軍營裡的橋牌、職務上的晉升，以及女人等，沒有一樣能使他滿意。念念難忘他失去的往日威嚴，包拉富將會重新回到這裡來的。

這地方，每走一步路都使人提心吊膽，好像走向愛情那樣。過去他以為，來這地方不過是逢場作戲，回歐洲才是長久之計。但是他現在遺憾地發現，那些真正的財富，他只能在沙漠裡才能得到：沙漠的魅力、它的夜晚、它的靜寂，這是風和星星的故鄉。

如果包拉富有一天重新回到沙漠裡，這消息第一晚就會傳遍抵抗區。摩爾人將會知道，在撒哈拉的某個地方，包拉富和他的兩百個海盜在一起，正沉入夢鄉。於是，他們會靜悄悄地把那些單峰駱駝牽到井邊，準備大麥製的食品，檢查槍栓。驅使他們這樣做的，是仇恨也是愛慕。

6

「你把我藏在飛機裡帶到馬拉喀什[11]去吧!……」

每天晚上，在朱比角，那個摩爾人的奴隸都向我提出這一簡短的請求。說完，他就覺得已經為生活做了所能做的一切，便盤膝坐下為我沏茶。然後，這一天的日子就是平安的了，因為他已經向唯一能療癒他的大夫說出了心裡話，已經向唯一能夠挽救他的神做了祈禱。於是，他俯身對著燒水壺，回味著生活中那些單調的圖像：馬拉喀什的黑色土地，他的粉紅色房屋，他那已經失去的微薄財產。他並未因我的沉默而懷恨，也未因我延後救他而不滿：我跟他不是同類的人，我只是一種可以發動的力量，像一股吉祥的風，終有一天會助他時來運轉。

我只是一個普通的飛行員，僅僅在朱比角當了幾個月的機場負責人。我所擁有的全部財產就是一座背靠西班牙堡壘的木板房。木板房裡面，不過是一個臉盆、一個盛著海水的水壺，和一張短小的床。我對我的力量奢望甚微。

「老巴爾克，我們之後再說吧……」

11 馬拉喀什：摩洛哥南部的一個城市。

所有的奴隸都叫巴爾克，他也叫巴爾克。雖然被俘已經四年了，他卻並不心甘情願，他記得自己當過國王。

「巴爾克，你以前在馬拉喀什是做什麼的？」

在馬拉喀什，他曾經從事一種很體面的職業，他的妻子和三個孩子無疑仍住在那邊。

「我以前是趕牲口的，那時我名叫穆罕默德……」

當地的司法行政長官常召見他：「我要賣掉一些牛，穆罕默德，你到山裡去把牛趕出來。」

或者說：

「平原裡有我的一千頭羊，你把牠們趕到上面的牧場裡去。」

於是，巴爾克就拿著一根橄欖枝手杖，指揮著牲口遷徙。他一個人要負責照顧一大群母羊，為了照顧即將出世的小羊，他一方面要讓那些最敏捷的羊走慢一點，另一方面又要督促那些懶羊。他得到了牲口的信任和服從：他是唯一知道牠們要去哪些應許之地的人、唯一能根據星斗辨認道路的人。他有羊群無法企及的豐富科學知識，他獨自一人根據自己的智慧決定休息和喝水的時刻。夜晚，當羊群睡覺的時候，巴爾克站在齊膝深的羊毛叢中，作為醫生、預言家和國王，懷著對那麼多無知的弱小者的愛心，為他的臣民祈禱。

某天，幾個阿拉伯人走過來和他說話：「請你跟我們往南方去趕一些牲口。」

他們讓他走了好久。三天之後，他被帶進一條山間的低凹道路。接近抵抗區的邊界時，他們只是把手往他肩膀上一搭，給他取名為巴爾克，就把他賣掉了。

我還認識別的一些奴隸，我每天都到人家的帳篷裡去喝茶。光著腳躺在長羊毛地毯上，這可是遊牧人家的奢侈品；他們就在這毯子上建造起只住幾個小時的家。我躺在上面回味著白天的航行。在沙漠裡，特別容易察覺時光流逝。在灼熱的陽光下，他們走向黑夜，迎來了那拂過四肢、揩擦去身上汗珠的涼爽清風。在酷熱的陽光下，人和牲口都的確像是在走向死亡、在朝著這個大飲水池前進。因此悠閒自在從來都不是徒勞的。每個白天都像那些通向大海的道路一樣顯得十分美麗。

我瞭解這些奴隸。當他們的主人從百寶箱裡取出爐子、燒水壺和玻璃杯的時候，他們就走進帳篷來了。在這個沉重的百寶箱裡，放著各式各樣亂七八糟的東西：沒有鑰匙的鎖，沒有花的花瓶，還有三個蘇比就能買到的鏡子以及古老的武器等。把這些東西擺在大沙漠裡，令人想起遇難船隻留下的殘骸遺物。

這時奴隸一聲不響地把乾枯的細枝塞滿火爐，吹旺炭火，吹燃樹枝，再把水壺裝滿水。他把能連根拔起一棵雪松樹的力氣，用在小女孩做的一些工作上。他沉穩持重，按部就班地辦事：燒茶，照看駱駝，吃飯。在白天驕陽的酷曬下走向黑夜，在光禿禿冷冰冰的星空下等待炎熱的白天。北方的國家真幸運，他們那裡的季節更替明顯，夏天產生了雪的傳說，冬天則出現了太陽的傳說。而熱帶地區可就慘了，在熱帶那個烤箱裡，一切都沒有多大的變化。不過，撒哈拉地區還算幸運的。在撒哈拉，白天和黑夜十分簡單地保持了世人希望的循環。

有時，奴隸蹲在門前，領略著夜風的滋味。在他沉重的身體裡，再也不會出現什麼回憶了。他幾乎記不起自己什麼時候被綁架，記不清所挨的打，記不起那些吼叫，記不起那天晚上把他打翻在地的那些男人的臂膀。從那天起，他進入了一種奇怪的睡眠狀態：像瞎子一樣，既看不見塞內加爾的悠悠河水，也看不見摩洛哥南部的白色城市；像聾子一樣，聽不見熟悉的聲音了。這個黑人並未感到不幸，他是一個精神上的殘障人士。一旦掉進遊牧民族的生活圈子，跟著他們四處遷移，隨著他們在沙漠裡描畫出來的生活軌跡打轉之後，他還能跟過去的家庭、妻室兒女保留什麼共同點呢？他的妻子和孩子對他來說，等於都不存在了。

有些男人曾經長期在深沉的愛情中生活，後來又失去了這種愛情，他們有時也會對孤單的單身生活感到厭煩。於是他們走向社交生活，降格以求，把平淡的愛情當作個人的幸福。他們覺得忍氣吞聲、受人驅使，倒也頗為自在，就像奴隸把照料好主人的火爐變成了自己的驕傲。

「喏，這是給你喝的。」有時，主人會給奴隸一杯茶。

高溫下降，這是主人在疲勞消失、身心爽快時，對奴隸發善心的一種表現。奴隸不勝感激，為此而吻了主人的膝蓋。奴隸從來不戴腳鐐手銬。這根本沒有必要，他對主人忠實得很呢！他乖乖地否認自己黑人國王的身分，他只是一個幸福的奴隸。

然而，他們終有一天會釋放他。當他太老了，再也不能派上什麼用場，成了主人的累贅時，他們就會給他絕對的自由。整整三天，他從一個帳篷走到另一個帳篷，要求人家收留他，但都是白費力氣。

他一天比一天衰弱，到第三天結束的時候，就只能乖乖地躺在沙地上了。在朱比角，我看到一些奴隸就這樣赤身露體地死去。摩爾人從這個奄奄一息的奴隸身旁經過時，倒也並不顯得殘忍。他們的孩子就在這個窮途末路的可憐人附近玩耍。每天清晨，孩子都跑過來好奇地看看他還能不能動彈，對這個老奴隸也並無嘲弄之意。

這倒也是合乎情理的事。他們這樣做就好像是說：「你過去的工作做得不錯，你有權利睡覺了，你去睡吧。」而他，則總是躺著，只感到餓得難受，卻沒有感到「不公平」才是唯一折磨人的東西。他慢慢地和土地融化在一起了。他被太陽烤乾並被土地吸收了。三十年的辛勞，最後才獲得了這種長眠和投身大地的權利。

我碰到的第一個這樣的奴隸，並沒有聽見他呻吟，他沒有可以呻吟的對象。我從他身上猜度出一種逆來順受的態度。一個筋疲力盡躺在雪地裡、陷於夢幻之中的垂死登山客，抱的就是這種態度。使我感到難受的並不是他的痛苦，我不相信他會痛苦。使我感到難受的是：一個人死去的時候，一個無人知曉的世界也就隨著他消失了。

我在想，那些隨他消失的到底是一些什麼樣的圖像呢？被漸漸淡忘的塞內加爾的莊園，和摩洛哥南方的城市，都是什麼樣子呢？我不知道，在這個奴隸身上消逝的是不是就是一些簡單的心事：燒水沏茶……把牲口趕到井邊去……

我不知道，長眠不起的到底是一個奴隸的靈魂呢，還是恢復了對往昔的回憶、尊嚴地死去的自由人。對我來說，他那堅硬的頭顱骨就好像一個陳舊的百寶箱，我不曉得有哪些彩色的絲綢，哪些節日的圖畫，哪些在沙漠裡早已過時、毫無用處的遺物，倖免於海上的災難。這個箱子就擺在那裡，扣得緊緊的，沉甸甸的樣子。我不知道世界上的哪一部分隨著他的長眠而消失了，當他的意識逐漸消散，肉體本身也逐漸變回了泥土和樹根。

「我從前是趕牲口的，那時我名叫穆罕默德……」

奴隸巴爾克是我認識的第一個反抗者。摩爾人侵犯了他的自由，使他在世界上一日之間，變成了比新生的嬰孩更一無所有的人。這些也都不算什麼。有時候上天的風暴不就是在一個小時之內把一個人的作物蕩滌無遺的嗎？然而比財產上的損失更嚴重的是：摩爾人在人格方面威脅著他。巴爾克不願意認輸，其他許多奴隸卻寧願忘記自己——從前那個終年勞動自食其力的貧窮牧羊人。

巴爾克沒有像那些懶得久等、安於平淡幸福的人那樣安於接受奴役。他不願意在奴隸主人的慈悲中，領略當奴隸的快樂。他心中仍然給外出的穆罕默德保留了房子，這房子空蕩蕩的，顯得很淒涼，但沒有別的人住得進去。巴爾克像一個頭髮斑白、死在路邊花草叢中的牧羊人，但他至死也沒有變心。

他不說「我是穆罕默德·本·拉烏辛」，而說「那時我名叫穆罕默德」，他幻想著這個被遺忘的人復活的那一天，透過他的復活以驅除那奴隸的外表。有時，在萬籟俱寂的深夜，所有的往事出現在他的眼前，耳朵裡似乎還聽見一首完整的兒歌。

「半夜裡，」我們的摩爾人翻譯說，「半夜裡，他談起了馬拉喀什，他哭了。」

在孤獨中，沒有人能擺脫對往事的回憶。不知不覺中，另外一個人在他身上甦醒了。他伸起懶腰來，在身旁尋找自己的妻子，可是在這片沙漠中，從來沒有任何一個女人接近過他。巴爾克似乎又聽見了泉水在歌唱，但這裡從來沒有泉水流過。在這個大家都住帳篷，人人隨遇而安的地方，巴爾克合上雙眼，竟以為自己是住在每晚都由同一顆星星照耀的一所白屋子裡。他滿懷神祕地復甦了昔日的情感，彷彿受到磁極的吸引。

巴爾克跑來找我，他想告訴我他已經準備好了，他所有的情感都準備好了。為了排遣這些情感，他只能回到自己家裡，而這事只要我點頭就行。他微笑著，告訴我一個詭計，這是我沒有想到過的：「明天郵政班機就要起飛……你可以把我藏在飛機裡，去摩洛哥的阿加迪爾……」

「可憐的老巴爾克！」

我們生活在抵抗區，怎麼能幫他逃跑呢？假如我們真想這麼做的話，那第二天，摩爾人就會對這種偷跑和侮辱加以報復，天曉得會是怎樣的一場屠殺。我曾打算在中途站的技師洛貝爾克、瑪爾夏勒和阿布卡爾的幫助下贖買他，但是對摩爾人來說，歐洲人想物色一個奴隸，這種機會並不是天天都有的，於是他們就想乘機敲詐我。

「要兩萬法郎。」

「你跟我們開玩笑嗎？」

「你看看他的手臂多有力氣……」

就這樣又過了好幾個月。

最後，摩爾人的要價降低了，我給一些法國朋友寫信，得到了他們的幫助，我有可能贖買老巴爾克了。

這場談判非常有趣。它總共延續了八天。十五個摩爾人和我，在沙地上坐成一個圓圈來談判。贊．烏爾德．拉達里是個強盜，他既是主人的朋友，也是我的朋友。他暗地裡幫我說話：「賣掉他，要不然你會倒楣的。」拉達里按我的意見向主人建議說：「這個奴隸有病。雖然暫時看不出來，但是毛病已經潛伏在他體內了。到了夏天他就會突然全身發腫的，趁現在還未發作，趕快賣給法國人吧。」

我還答應給另外一個名叫哈吉的強盜一筆佣金，要他幫我促成這次贖買。於是哈吉也勸主人說：「用你賣巴爾克的錢，可以買好幾匹駱駝，還有槍和子彈。這麼一來你又可以去當土匪並和法國人作戰了，還可以從阿達爾那裡重新弄到三、四個年輕奴隸。趕快打發了這個老東西吧。」

他們終於把巴爾克賣給了我。我把他反鎖在庫房裡關了六天。因為他如果在上飛機以前到外面亂跑的話，摩爾人就會把他抓起來，再一次把他賣到更遠的地方去。

我終於使他擺脫了奴隸地位，為此還舉行了一次有趣的儀式：請來一位伊斯蘭教的隱士，還有巴爾克原先的主人和朱比角的司法行政長官，他的名字叫易卜拉欣。要是跑到離堡壘圍牆二十公尺遠的地方去的話，這三個海盜很可能就會砍下巴爾克的腦袋，但現在他們為了捉弄我，熱烈地擁抱了老巴爾克，並在正式文件上簽了字。

「現在，你是我們的兒子了。」

根據法律，巴爾克也成了我的兒子。

於是他擁抱了他所有的父親。

他在庫房裡過了一段很愉快的囚犯般生活，一直等待出發時刻到來。他每天二十次地描繪著未來的旅行：在阿加迪爾下飛機，在這個中途站，有人將會交給他一張去馬拉喀什的汽車票。好像一個孩子玩探險遊戲一樣，巴爾克扮演的是自由人的角色，他就要重新看到那熙熙攘攘的生活場面：那大客車、那些人群和那些城市……

洛貝爾克代表瑪爾夏勒和阿布卡爾來看我。不能讓巴爾克到達後餓肚子。他們要把一千法郎交給他，這樣巴爾克就可以找到工作了。

我想到了那些做慈善的老太太，她們給人二十法郎並要求別人感激她們。洛貝爾克、瑪爾夏勒和阿布卡爾這三個飛機技師給了巴爾克一千法郎，他們不是施捨，更不希圖別人感激。他們這樣做也不是出於憐憫，像那些夢想幸福的年老女士那樣。他們只不過為恢復一個人的尊嚴做了一點貢獻。他們像我一樣十分清楚，一旦返回家園的那股興奮過去，第一個跑來迎接巴爾克的忠實朋友很可能就是窮困。不出三個月，他就將在某個地方的鐵路上辛苦地拆除枕木，生活還沒有我們在沙漠裡的時候幸福。但是他有權在他的家人當中恢復自己的本來面目。

「好了，老巴爾克，去做一個人吧。」

飛機開動，就要起飛了。巴爾克最後一次轉身看了一眼朱比角廣袤的荒原。兩百名摩爾人聚集在飛機前面，他們想來看看一個站在生活門口的奴隸會有一副什麼樣的面孔。要是飛機故障了，他們也許還能在不太遠的地方重新把他抓回來。

我們跟這個五十歲的新生嬰兒告別，讓他到世界上去冒險，我們感到有點不安。

「永別了，巴爾克！」

「不對。」

「怎麼不對？」

「不對。我是穆罕默德．本．拉烏辛。」

我們最後一次獲知巴爾克的消息，是透過阿拉伯人阿卜杜拉，他曾應我們的請求幫助巴爾克去阿加迪爾。

大客車要到晚上才出發，於是巴爾克就有了一整天的空閒時間。他首先在小城裡晃了很久，一聲也不吭，阿卜杜拉猜想他有點不安，問他：「你怎麼了？」

「沒什麼……」

在突然獲得的假期裡，巴爾克太自由了，還沒有完全體會出自己的新生。他感到很幸福，但是昨天和今日的巴爾克卻毫無區別。往後，他將平等地與別人一道分享這陽光，和坐在這個阿拉伯咖啡館半圓形棚架下的權利。他坐在咖啡館裡，為阿卜杜拉和自己要了茶。這是他這個有身分的人的第一個舉動，他的權利可能改變了他的形象。不過服務生給他倒茶的時候卻並未感到吃驚，他的舉動也並沒有什麼特別之處，服務生沒有發覺，他倒這杯茶的舉動，是對一個自由人的讚美。

「我們到別的地方走走。」巴爾克說。

他們登上能俯視整個阿加迪爾的加斯巴赫山。

嬌小可愛的柏柏爾族跳舞女郎朝他們走過來。她們表現得那樣溫馴迷人，巴爾克覺得他就要再生了⋯在生活中歡迎他的，就是她們這些並不知情的人。她們抓住他的手，給他獻茶，親切得很，但是她們向別人獻茶時也是一樣的態度。

巴爾克想要講講他的新生。她們溫和地笑笑，對他很滿意，因為他本人覺得滿意。為了使她們感到驚奇，他又補充說：「我是穆罕默德．本．拉烏辛。」但是這並不使她們吃驚。所有的人都有一個名字，許多人又都是從那麼遠的地方來的⋯⋯

他領著阿卜杜拉在城裡轉。在猶太人的小店鋪前面閒逛。瞭望大海，想像著四面八方他都可以隨意走動，因為他是自由的⋯⋯但是他覺得這種自由很痛苦⋯自由，使他發現自己和世界是多麼缺乏連結。

於是，一個孩子經過的時候，巴爾克輕輕地撫摸著他的臉。孩子微笑起來。巴爾克撫摸的可不是奴隸主人的兒子，他撫摸的是一個羸弱的小孩。小傢伙在微笑。這孩子喚醒了巴爾克，他感到自己在世界上重要了一點，因為有一個弱小的孩子向他微笑。他隱隱約約地開始看見了某種東西，邁開大步走了起來。

「你在找什麼東西？」阿卜杜拉問他。

「不找什麼。」巴爾克回答他說。

但是在街道轉彎的地方碰到一群正在玩耍的孩子時，他停了下來。就在那個地方，他靜靜地望著他們。然後，他朝猶太人的店鋪走過去，等他再轉回來的時候雙手捧著好多禮物。阿卜杜拉生氣了：「傻瓜，留著你的錢吧！」

但是巴爾克再也不聽他的了。他鄭重其事地招呼著每一個小孩。孩子的小手都朝他伸過來，向他要玩具、要手鐲、要金線縫製的拖鞋。每個孩子一拿到寶貝，都沒有道謝，便粗野地逃走了。

阿加迪爾的其他孩子聞訊之後，便都跑來找他。巴爾克給他們穿上金線拖鞋。阿加迪爾附近的孩子也知道了這個消息，紛紛跳將起來擁向這位黑天神，揪住他當奴隸時穿的舊衣服索要禮物，巴爾克破產了。

阿卜杜拉認為他是高興得發了狂。但我認為，巴爾克並不是要讓人分享他過度的喜悅。他既然成了自由人，就擁有了基本的財富，擁有受人愛戴、走南闖北、自食其力的權利。這些錢對他有什麼用……他像餓得要命的人那樣，迫切感到需要成為一個和別人有聯繫、是他們當中一員的人。阿加迪爾的跳舞女郎對老巴爾克很殷勤，但他毫不費力地辭謝了她們，正如他來時那麼容易；她們不需要他。阿拉伯店鋪裡的服務生、街上的過往行人，他們都尊敬他這個自由人，跟他平等地分享陽光和空氣，卻沒有一個人表示：他需要巴爾克。

他很自由，但是這種無邊無際的自由，甚至使他再也感覺不到自身在地球上的重量。他缺乏那種制約活動的人際關係上的負擔。他需要流淚、告別、責備、歡樂，需要和別人建立千絲萬縷的關聯，以使他感到自己沉重的分量。但是，巴爾克心中已經產生了上千的希望……

巴爾克的重生在阿加迪爾落日的餘暉中開始了，在清新涼爽的氛圍中開始了。長久以來，這種涼爽乃是他等待的唯一溫馨的棲息之所。由於動身的時刻就要來臨，巴爾克朝前邁步，一大群孩子前呼後擁著，就像昔日有一大群羊跟隨著他，他在這個世界上踩出了第一串足跡。明天，他可能會回到他貧困的家人當中，挑起養活許多人的擔子，他衰老的臂膀也許難挑這副重擔，但他在那裡卻真是舉足輕重的人。像一個體重太輕、不能過人間生活的大天使，卻透過作弊在自己腰帶上縫上鉛塊那樣，巴爾克被千百個迫切需要金線拖鞋的孩子拖住，走起路來舉步維艱。

7

這就是沙漠。在空蕩蕩的撒哈拉的中心，正上演著一齣祕密的戲劇。沙漠中真正的生活，並非由尋找牧草的部落的遷徙所組成，而是由仍在進行的遊戲所組成。在已經歸順了與尚未歸順的沙漠地區之間，遊戲的內容又是多麼不同啊！對於所有人來說不都是這樣嗎？

面對著這片改觀了的沙漠，我回憶起童年時玩過的遊戲，回憶起那個陰暗的金黃色花園、那個我們曾以為住滿了天神的花園。對那塊只有一平方公里大的土地，我們的瞭解從來就不夠完全，我們的探索從來就沒有窮盡，我們曾經在這裡建造起一個無邊的王國、一種封閉的文明。在這種文明裡，走路有走路的講究，事物有事物的意義，這種講究和意義在其他任何文明裡都是不存在的。

當一個人長大成人，生活於另外一種法律制度之下時，這個充滿了陰影、冰冷、灼熱、神奇的童年花園還剩下什麼呢？當一個人重返故園，懷著一種絕望的心情，沿著灰石砌的花園小圍牆散步時，他會驚奇地發現從前認為無邊無際的天地，竟然是封鎖在這麼一個狹小的園子裡。他懂得自己永遠再也不能回到那個無邊無際的天地裡去了，因為他尋覓的是遊戲，而不是這個花園。

但是今天再也沒有抵抗區了。朱比角、錫茲內羅、加薩多港、拉薩蓋．埃爾．安哈、杜哈、斯瑪哈，都再也沒有什麼神祕了。我們曾向之跑去的地平線一條接一條地消失了，就像那些昆蟲一旦落入溫暖的手掌，便失去了顏色。但是追尋這些地平線的人不是幻想的玩具。當我們追求這些新發現的時候，我們沒有弄錯。《一千零一夜》中的蘇丹也沒有弄錯，他追求一種那麼微妙的物質，以致他的美麗女俘剛一接觸，就失去了她們翅膀上的金粉，在黎明時一個接一個地在他懷中死去。我們飽覽了沙漠的魅力，其他一些人也許將在沙漠裡挖油井，靠他們的商品發財。但是他們來得太晚了。因為那些沒有人跡的棕櫚林或貝殼的原始粉末，已經把它們最寶貴的那部分交給了我們：它們只能保持一小時的熱情，而得到這一小時熱情的人就是我們。

沙漠嗎？有一天我觸到了它的心臟。一九三五年，在一次飛往印度支那的長途航行中，我像掉進了陷阱一樣，被困在埃及和利比亞接壤的沙漠中，我以為要死在那裡了。請讀下面的故事。

七　在沙漠的中心

1

我到達地中海上空時，遇到了低壓雲。我下降到離海面二十公尺的高度，暴雨落在擋風玻璃上，大海似乎在冒煙。我盡了最大的努力想看清周圍的東西，以免撞到船的桅桿上。

技師安德烈．普雷沃給我點燃了一支菸。

「來點咖啡……」

他鑽進飛機的後艙，回來時手裡拿著保溫瓶，讓我喝咖啡。為了保持兩千一的轉速，需要不時推一下控制桿。我掃了一眼儀表板，那些臣民都很聽話，每一根指針都待在自己的位置上。我看了一眼大海，雨中的海面上冒出一股蒸汽，有如一個巨大的熱水盆。如果駕駛的是一架水上飛機，我就會因海洋如此空曠而感到畏懼。但我是在一架陸上飛機裡面，海洋空曠與否，我都不能降落。不知為什麼，這倒使我產生了一種荒唐的安全感。海洋不屬於我的世界，這裡出現的故障與我無關，對我也無威脅：我的裝備不是用於海上飛行的。

飛行一個半小時之後，雨小了。雲層總是很低，但是陽光有如深沉的微笑穿透了雲層，我很欣賞這種緩慢變好的天氣。我猜測在飛機上方有一層薄薄的白雲，為了避開一場暴風我斜向飛行：再也沒有必要穿過飆風的中心了。於是出現了第一道雲隙……

我預感到了這道雲隙，卻沒有看見它，因為正對我的海面上，有一條呈草地顏色的長長帶狀物，一片閃閃發光的深綠色綠洲。這種深綠色，跟著我從塞內加爾起飛，飛過三百公里的沙漠，與在摩洛哥南部看見的大麥田的顏色很像，這使我心情激動。我感到我飛到了一片可以住人的地區，心裡頗為高興，轉身對普雷沃說：「結束了，一切順利！」

「是的，一切順利……」

我在突尼斯加足了油，簽了幾份文件。我離開辦公室的時候，聽見跳水似的撲通一聲，這是一種沒有回音的沉悶聲響。我馬上記起先前也聽見過類似的聲響：汽車庫裡發生的一次爆炸。有兩個人在這沙啞的咳嗽聲中死去。我轉身朝沿跑道的大路看去：路上冒起一些塵煙，兩部快車相撞，好像凍結在冰塊中一樣，突然一動也不動了。一些人朝出事的車子跑去，另外一些人朝我們跑過來。

「快打電話……叫醫生……腦袋……」

我心裡一陣難受。厄運在寧靜的黃昏時刻發起一次成功的突襲。毀了一個美人、一個聰明人，或者說一條寶貴的生命……

強盜就這樣在沙漠中行進，誰也聽不到他們輕柔的腳步聲。營房裡有短暫的嘈雜搶劫聲，過後一切又都歸於寧靜。同樣的安寧，同樣的寂靜……有人在我旁邊談論斷裂的頭蓋骨。對這顆不再動彈的血汙頭顱，我什麼都不想瞭解，轉身離開跑道，回到飛機上。但是我心中留下了一個可怕的印象。不久，我將再次聽見這種聲響。當我以每小時兩百七十公里的速度擦過那黑色高原時，我聽出了那同樣沙啞的咳嗽似的聲音：那同樣的「嗨」聲。這宿命的聲音等著我們去赴約。

我們向班加西[12]飛去。

12 班加西：利比亞北部的港口城市。

2

繼續飛行。白天還剩下兩小時。到達的黎波里地區時，我摘下了墨鏡，沙漠現出一片金黃色。天呀！這顆行星多麼荒涼！我再一次感到地球上的河流、森林和人居住的房舍，似乎都是出自偶然的幸運結合。岩石和沙漠占了多麼大的比例呀！

但是這一切都與我無關，我過著我的飛行員生活。黑夜即將來臨，我們好像置身在一座廟宇。在黑夜中，人可以獨立思考，探索基本禮儀的祕密。整個世俗世界慢慢退隱，即將消失。全部景物仍然沐浴著金黃色的陽光，但是有些東西已經消失了。我不知道還有什麼東西，我的意思是說，沒有什麼東西比這個時刻更珍貴的了。凡是經歷過不可言傳的飛行之樂的人會理解我的。

漸漸的，我看不見太陽了。我也看不見廣闊的金黃色地面了，要是飛機故障的話，這金黃色的地面就會歡迎我降落在它的懷抱裡……我看不見那些可以導航的方位標，也失卻了天空中那些可以使我避開暗礁山脈的側影。我進入了沉沉黑夜，向前飛行，只看見一些星星。

這個世界的消失是慢慢來臨的。光明也是慢慢消失的。大地和天空逐漸融合。大地浮升，像蒸汽般擴散。最初出現的幾顆星星好像是在綠水中顫動，還需要等很長的時間才能變成堅硬的鑽石。我也需要等很長的時間才能看到流星的無聲嬉戲。有些深沉的夜晚，那麼多的星火飛濺，群星之間似乎正在刮著大風。

普雷沃試了一下常用燈和緊急照明燈。我們用紅紙把燈包了起來。

「還要包厚一點……」

他加了一層新紙，揿動開關。光線仍然太亮。就像攝影師的工作室那樣，光線太強會遮蓋外部世界的蒼白形象。有時候在夜晚，種種事物都蒙上了一層薄薄的白絮，光線又可能把它摧毀。今天晚上就是這樣的，但這還不是真正的夜晚，天際還懸著半片蛾眉新月。普雷沃鑽進後艙，帶回來一塊三明治。我吮吸著一串葡萄。我不餓不渴，也不覺得累，我似乎可以這樣一直開它十年。

月亮消失了。

班加西在黑夜中遙遙在望了。這城市靜臥在深沉的黑暗中，周圍沒有任何光亮。我到了班加西上空，才看見這座城市。我尋找飛機場，看見它的紅色燈標亮了。燈光下清晰地顯現出一個黑色的長方形。我盤旋飛行，探照燈的亮光直升天空，好像一根光柱在地面上畫出了一條金光大道。為了更能看清障礙物，我又一次在空中盤旋。這個中途站的夜間設備真棒。我放慢了飛行速度，像躍進黑色海洋中那樣，開始了我的潛航。

飛機降落的時候，當地時間是晚上十一點。我朝探照燈滑過去。禮貌周全的軍官和士兵，時而隱沒在暗處，時而出現在探照燈的刺眼燈光之下。他們審查我的證件，幫飛機加油。我只能在這裡待二十分鐘。

「請繞一圈，並請您從我們頭頂上經過，否則我們就無法知道起飛是否順利結束。」

我又起飛了。

我在金黃色的大道上滑行，衝進沒有障礙的缺口。我的西摩型飛機還沒有滑到跑道盡頭，龐大的機身已經凌空而起。探照燈對著飛機照過來，妨礙我盤旋飛行。最後，它不再對著我照了，他們已猜到了探照燈使我眼花目眩。我筆直轉彎，探照燈又照到了我的面孔上，但是燈光剛一碰到我，便把它金黃色的長笛指向別處。受到這種周到的照應，我覺得他們特別有禮貌。現在我又朝沙漠掉過頭去。

巴黎、突尼斯和班加西的氣象臺都通知我說：順向風時速為每小時三十到四十公里。我打算每小時航行三百公里。朝著把亞歷山大港和開羅連結成一條直線的中間部位航行，這樣我將避開海岸的禁區，儘管會遇到想像不到的飄移，但我將或左或右得到亞歷山大港或開羅燈火的指引。或者，更籠統地說，我將得到尼羅河流域的燈火指引。如果風速不變，我只要航行三小時二十分就可到達，但如果風速減弱，我就得飛行三小時四十五分。於是，我開始穿越一千零五十公里的沙漠。

再也沒有月亮了。黑如柏油的夜幕一直擴張到星星腳下。我望不見一處燈光，找不到任何方位標，在到達尼羅河之前也得不到一個訊號，因為無線電的聯絡也中斷了。除了羅盤和斯貝里陀螺儀之外，我也不打算觀看別的什麼東西了。除了晦暗的盤面上一根細小鐳針的緩慢呼吸之外，我對什麼都不再感興趣。當普雷沃走動的時候，我便把重心差稍微校正一下。我把飛機升到兩千公尺的高度，有人曾經指出這個高度的風有利於飛行。

每隔一段時間，我就打開一盞燈來觀察那些並不會都發光的儀表板。不過在絕大部分時間裡，我都待在黑暗中，待在我渺小的星座裡，它和窗外的星座發出同樣用不完的神祕光輝。這些星座說的是同樣的語言。我也好比天文學家，在閱讀一本天體力學的書。我覺得自己很用功、很專一。整個外部世界都消失了。普雷沃撐了好久之後也入睡了。我進一步體會了孤獨的滋味。發動機發出悅耳的轟鳴聲，我面前的儀表板是所有那些安詳的星星。

但是我在思忖。我們既不能沾到月亮的光輝，也沒有無線電聯絡。在看見尼羅河上的燈火之前，我們跟外界再沒有哪怕是一絲一毫的聯繫。我們跟其他的一切事物毫不相干，只有發動機把我們懸吊在這黑如柏油的夜空中。我們正穿過童話故事裡那種專門考驗人的黑暗大山谷。在這種場合，人完全孤立無援。任何一個錯誤都是致命而不可原諒的。我只能聽天由命了。

一線亮光從電訊儀表臺的縫隙裡洩出來。我叫醒普雷沃，要他把亮光熄滅。普雷沃像一隻熊那樣在黑暗中移動，搖擺前進。他專心致志地工作著，我也不知道他用了一些什麼樣的布條和黑色的紙片來堵塞那縫隙。那道光線消失了。那道光把整個世界劃了一道裂口。它跟蒼白飄忽的鐳光不一樣，也不是星光，而是夜總會裡發出的那種光線，使我頭昏目眩，沖淡了其他的亮光。

整整飛行了三個小時後，一道明亮的光線閃現在我的右邊。我定睛一看，原來是緊拖在機翼燈後面的一條又長又亮的飛行航跡，我一直沒有發現機翼上的這盞燈。這亮光時斷時續，時隱時現，原來我又飛進了烏雲堆裡。雲層反射出翼端燈的光線。在那些方位標誌的上空，我原本更喜歡一片純淨的天空。光暈照亮了飛機的機翼，光線凝集在一起，固定不動，閃閃發光，形成了一束發光的玫瑰。

我在密集雲層裡的大風中航行，也不知這積雲到底有多厚，一股強大的渦流衝擊著我。我上升到兩千五百公尺的天空，沒能露出雲層；又降到一千公尺的空間，那束玫瑰始終不動不散，越來越亮。好吧，就這樣，隨它的便好了。我不去想它了。我倒要看看什麼時候可以飛出這雲層。不過，我可不喜歡這種低級旅館裡露出來的燈光。

我尋思：「我在這裡上下飛舞，這是正常的。天空雖然純淨，飛機飛得也很高，但是我在航行中已經碰到了好些渦流。風根本沒有平息過。我的航速大概超過了每小時三百公里。」總而言之，我什麼東西都知道得不十分準確，只好等飛出雲層之後再來辨明方位。

飛機終於飛出了雲層。那束發光的玫瑰突然隱滅了。光束的消失告訴我出了事。我向前張望，目力所及，望見了一條狹窄的天空和另外一堵積雲組成的牆壁。光束重新閃現出來。

除了極短的幾秒鐘之外，我將再也飛不出這堆黏膠了。在飛行了三個半小時之後，這堆雲層使我感到不安，因為我已經飛近尼羅河了，假若我是如自己想像的那樣往前飛行的話。只要運氣稍微好一點，我就能從這條空中走廊望見尼羅河，可是這種空中走廊並不是很多。我還不敢往下飛，萬一飛行速度沒有想像的那麼快，那麼我可能還要飛越幾塊高地。

我並不總是感到不安，只是害怕浪費了時間。但是我確立了一個客觀的極限：飛行四小時十五分。超過了這個時間，即使天空紋絲無風，我也可能飛過尼羅河了，而紋絲無風的情況實際上是不可能的。

我到達雲層邊緣的時候，光束發出時明時暗卻越來越急促的火光，然後忽然一下子全都消失了。我可不喜歡跟黑夜的精靈進行這種密碼通信。

一顆綠色的星星出現在我的前方，像燈塔般明亮。到底是一顆星辰呢，還是一座燈塔？我也不喜歡這種超自然的亮光、這顆詭異的星星、這種危險的邀請。

普雷沃醒來了，用燈光照亮了發動機的儀表板。我又把他連他的燈都打發走了。我剛好飛行在兩團濃雲之間，正好朝下眺望。普雷沃又入睡了。

不過並沒有什麼可看的。

飛行了四小時零五分。普雷沃走過來，坐在我旁邊。

「我們應該到開羅了……」

「我也這樣想……」

「那是一顆星呢，還是一座燈塔？……」

我減慢了發動機的速度，普雷沃無疑是被這個吵醒的。他對飛行時各種聲響的變化很敏感。我緩慢地下降，在雲層下滑行。

我剛剛查看了地圖。總之我到達過零度標高，所以什麼危險也沒有。我一直往下降，並且轉頭朝著正北方向。這樣我將從飛機窗戶看見城市的燈光。如果我已經越過了這些城市，那燈光現在將會在我的左邊出現，我現在正在積雲下飛行。但是，我又是沿著左邊浮得比較低的濃雲飛行的。我轉了一個彎，朝北—東北飛行，免得碰上雲網。

這團雲無疑飄浮得更低，擋住了我的全部視野。我不敢再降低飛行高度了。高度計上的數據說明我的標高只有四百，但是我卻不知道大氣壓是多少。普雷沃湊過身來。我對他叫道：

「我要一直飛到海面上去，最後降落在海裡，免得發生猛烈衝撞……」

然而，沒有任何證據說明，其實我並沒有偏離航線飛到了海面上空。雲團下方黑得伸手不見五指。我緊靠著飛機窗戶，試圖看清楚下方的情況，試圖發現火光，與某些標記。我像一個翻挖灰燼的人，努力從爐底重新找到生命的餘燼。

「一座海上的燈塔！」

我們兩個人同時看見了這個時隱時現的陷阱。多麼瘋狂！這個幽靈般的燈塔，這個夜晚的發明創造到底在什麼地方？因為就在我和普雷沃俯身想在離機翼三百公尺的地方再找到它的同一秒鐘，突然……

「啊！」

我確信沒有說別的話了。我也確信除了一聲可怕的驚天動地的爆裂聲之外，別的東西也都感覺不到了。飛機以每小時兩百七十公里的速度，向地面撞擊而去。

在即將到來的百分之一秒的時間之內，等待著我們的不是別的什麼東西，而是飛機爆炸時閃現的巨大紫紅色星火，我和普雷沃都將跟飛機一起被炸得粉碎。但我們兩個絲毫不感到激動。我內心只在等待，等待那顆閃光的星星，以及在同一秒鐘，我們將和星星一起消失的命運。

但是紫紅色的星火並沒有出現。出現的只是一陣地震，它震垮了機艙的窗戶，把鋼鐵碎片震飛到了百公尺之外，我們的五臟六腑因此翻騰轟鳴。飛機像一把小刀從遠處射進一塊硬木時那樣顫動著。我們被這種憤怒所震撼。

一秒，兩秒……

飛機顫抖著，我很不耐煩地等待著它的這種能量最終像手榴彈似的爆炸。但是正如地震般，震動雖然持續不斷，卻並未發生最後的爆炸，對這種看不見的動作，我什麼都不懂。我既不明白這種震動，也不明白這種憤怒，更不明白為什麼老是沒完沒了……

五秒，六秒……

突然，一陣天旋地轉，伴隨著猛烈撞擊，我們的香菸被拋到了窗外，飛機右面的機翼被碰得粉碎，然後，便毫無聲息，冰凍似的一動不動了。我對著普雷沃大叫：「快跳出來！」他也同時喊道：「起火了！」

我們從震垮了的窗戶蹦了出來。站在離飛機二十公尺的地方，我問普雷沃：

「完全都沒受傷嗎？」

他回答說：「一點傷也沒有！」

但是他揉著自己的膝蓋。

我說：「你活動一下身體，好好摸摸自己，向我發誓你什麼都沒有跌斷受傷……」

他回答說：「沒什麼，是緊急備用幫浦……」

我以為他將要頭破肚裂地突然倒下去。

但他卻瞪著眼重複說：「是緊急備用幫浦……」

我想：他發瘋了，他就要手舞足蹈了……

看到飛機終於沒有著火，普雷沃的目光才從飛機身上移開，看著我說：「沒什麼，只不過是緊急備用幫浦碰傷了我的膝蓋。」

3

我們都活了下來，這件事實在令人費解。我手提電氣燈，追尋飛機降落地面時的痕跡。在離飛機降落點兩百五十公尺的地方，我們找到了一些碎銅爛鐵，飛機經過的時候，塵沙四濺。天亮之後，我們才知道，我們幾乎把一座沙丘的頂峰鏟出了一條平緩的坡道。在飛機和沙丘相碰的地方，沙地裡有一條坑道，就像用犁鏵犁出來的一樣。飛機幸而沒有倒栽跟斗，卻像一條蛇那樣，肚皮貼地，怒氣沖沖，尾巴直晃，以每小時兩百七十公里的速度向前衝去。可能是這些黑色的卵石救了我們的命，它們在沙漠裡自由滾動形成了一個滾珠臺架。

普雷沃切斷了蓄電池的電源，以免之後因短路而發生火災。我背靠著發動機，心想，在四小時十五分鐘的時間裡，我在高空中可能碰到了時速為五十公里的大風，飛機因此產生了搖晃。但是，如果這風自預報之後改變了，那究竟是朝哪個方向刮的，我就一無所知了。因此，我們大概是處在四百公里邊長的正方形地帶。

普雷沃走過來，坐在我身旁說：「我們能活下來，真是怪事……」

我沒有搭理他，因為我絲毫也不覺得高興。我腦子裡出現了一個模糊的念頭，使我感到輕微的不安。

我要普雷沃打開他的燈作為一個方位標誌，我拿著電氣燈一直往前走，仔細地盯著地面慢慢前進，繞了半個大圈圈，幾次改變方向。我一直在地面搜尋，好像是在尋找一個遺失的戒指。前不久，我也曾這樣尋找過炭火。我總是在黑暗中前進，彎腰察看燈光照亮的地面。就是這樣……正好就是這樣……我慢慢地朝飛機走過去，坐在機艙旁邊思考著。我想尋找希望的理由，但根本找不到。我想尋找生命的標記，生命卻根本沒有留下任何標記。

「普雷沃，我連一根草都沒有看到……」

普雷沃沒有說話，我不知道他是否瞭解了我的意思。我們只好等天亮了之後再談。我只是感到非常疲倦，我想：「四百公里的距離，困在沙漠裡！」突然，我跳起身來。

——水！

燃油箱和機油箱都砸裂了，備用水箱也是一樣。沙地把一切都吸乾了。我們在一個打碎了的熱水瓶底找到了半升咖啡，在另一個熱水瓶底找到了四分之三升白葡萄酒。我們把這些飲料過濾了一下，把它們攪和在一起，還找到了一點葡萄和一個橘子。可是我算計著：「在陽光照射下的沙漠裡走上五個小時，這點東西還不早就吃個精光了。」

我們躲在機艙裡面等天亮。我躺著就要睡著了，一邊打瞌睡一邊總結了一下我們的冒險經歷：我們對現在所處的地理位置一無所知，飲料不足一升。如果我們差不多仍處在一條直線上，那麼，別人可能在八天之內找到我們，除此之外根本不可能有更好的指望，但這也太晚了。如果我們是橫向偏離，那別人可能要花半年時間才能找到我們。不能對飛機存什麼指望，因為它們將要在方圓三千公里的範圍尋找我們。

「啊！真可惜……」普雷沃說。

「因為什麼？」

「我們本來可以一下子就徹底完蛋的！」

但是不能這麼快就認輸。普雷沃和我又鎮靜下來。我們不能捨棄哪怕是微乎其微、奇蹟般地獲得援救的機會。我們也不能待在原地，而錯過可能就在附近的綠洲。今天白天，我們將跋涉一整天去尋找綠洲，然後再回到飛機旁邊。出發之前，我們將計畫用大寫字母寫在沙地上。

我蜷縮身軀準備睡到天亮。我很高興還能睡著。疲倦使我感到周圍似乎有許多人，我並不是單獨一個人待在沙漠裡。在似睡非睡的情況下，我聽見了各種聲音，腦中出現好些回憶，耳畔響起了推心置腹的竊竊私語。我尚未感到口渴，感覺良好，悠然進入了睡鄉。在夢境面前現實也要讓步……

啊！等白天來臨時，情況卻大不一樣了。

4

我曾深愛撒哈拉。

我曾在抵抗區度過好些夜晚，曾在這片金黃色的荒原裡醒來，並目睹如同在大海上掀起重重海浪那樣，風在這片荒原上留下了排排沙浪。我曾經躺臥在機翼下等待救援，但是，這一次卻根本不能和以前相提並論了。

我們在起伏的沙坡上行走。地面是覆蓋著一層黑油油石子的沙地。石子好像一些金屬鱗片，周圍所有的崗丘像盔甲似的閃閃發光。我們跌進了一個礦物世界，被困在一片鋼鐵天地裡。

越過了第一座山丘，遠處出現了另一座相似的山丘，烏黑發亮。我們一邊走一邊用腳耙擦地面，留下一條導線以便再往回走。我們朝著太陽，朝正東方向前進。其實這是違反任何邏輯的，因為一切跡象，如氣象預報、飛行時間等，都使我相信自己已經越過了尼羅河。但是我曾往西邊走了一小段，有一種說不清楚的不適感，於是我把往西留到第二天再說。我也暫時放棄了北方，這個方向倒是通向海洋的。三天過後，我們都已進入半譫妄狀態了。當我們最終決定捨棄飛機，一直往前走，走到跌倒為止時，也還是向東方前進的。說得更準確一點，是朝著東北方。而這仍然是違背情理、沒有任何希望的行動。

後來我們得救的時候才發覺，沒有任何一個方向可以使我們返回。即使是向北走，由於我們已經筋疲力竭，也到達不了海邊。因此表面看來似乎荒謬，但我今天仍然覺得，既然沒有任何啟示可以作為選擇的根據，我選擇往東走的唯一理由，是我那次在安地斯山尋找我的朋友吉奧麥時，就是這個方向救了他。因此，這個方向對我來說彷彿變成了生命的方向。

走了五個小時之後，景色換了一個樣子。一條流沙河似乎流向一座峽谷，我們便沿著谷底的道路往前走。我們邁著大步，盡可能走得遠一些，倘若什麼都沒有發現，還要在天黑前走回去。突然，我停了下來。

「普雷沃。」

「什麼事？」

「腳印……」

從什麼時候起我們竟忘了在身後留下一條足跡的呢？要是我們不能重新找到這條足跡的話，那就意味著死亡。

我們轉過身來，斜著向右邊走去。走完相當遠的一段距離後，又轉身朝原來的方向筆直走去，這樣就可以找到我們曾經留下的足跡。

我們接上這條線之後，又繼續出發。氣溫上升了，隨之出現了海市蜃樓，不過還只是一些最初的海市蜃樓：一些大湖泊出現了。當我們前進時，大湖又消失了。我們決定穿過沙谷，登上最高的沙丘極目遠眺。我們已經走了六個小時，總共走了三十五公里，抵達了這座黑色圓丘的頂峰。我們靜靜地坐在那裡，腳下就是那條沙谷，通向一片沒有石頭的沙漠。沙面上的白光，閃亮耀眼。極目遠望，地闊天空。但是在地平線上，光線的折射已經形成了一些更加令人眼花撩亂的海市蜃樓：有堡壘和尖塔，還有線條筆直的幾何圖形；我還看到一大片黑影，像是一片草木，但是草木的上空壓著一團烏雲。這些雲白天消散，傍晚復現。這只不過是積雲的陰影。

繼續向前是徒勞無益的，這種企圖達不到任何目的。必須回到飛機旁邊，它的紅白航標或許會被夥伴發現。儘管我對這種搜尋不抱多大希望，但這乃是我們獲救的唯一機會。特別是我們還在那地方留下了最後幾滴飲料，我們必須把它喝下去，為了活命我們也必須返回原地。我們是受制於鐵箍的囚徒，這個鐵箍便是我們短促的耐渴力。

但是半途而廢也很困難，因為你此刻往前走的路也許恰好就是一條生路。在那些海市蜃樓的背後，地平線上或許就滿布著真正的城市、淡水的河流和青翠的草原。我知道往回走是有道理的，可是當我改變這個可怕的方向時，卻有一種沉沒滅頂之感。

我們躺在飛機旁。來回走了六十多公里的路程，飲料已被喝光。朝東走毫無所獲，也見不到任何夥伴飛掠這片土地。我們還能撐多久？我們渴極了……

我們用撞碎的機翼上的殘骸堆成了一個大柴堆，準備好燃油和可以發出強烈白光的鎂板。

等到天色完全黑下來，才點燃了我們的大火……然而，人又在哪裡呢？

火焰升起來了，我們虔誠地望著信號燈在沙漠中燃燒，凝視著那沉默無言卻通明透亮的信號在夜空中閃耀。我想，如果說信號帶走的是一句已經十分動人的呼喚，那它也寄託著我們無限的深情。我們要求喝水，但也要求與人溝通。但願有另一堆火光在夜空中燃起，只有人能支配火，願他們來回應我們啊！

我又見到了我妻子的眼睛。除了這雙眼睛，我什麼都看不見了——這雙眼睛在詢問。我看到所有那些可能關注著我的人的眼睛——這些眼睛也在詢問。所有這些目光都在責怪我為何沉默。但我在回答！我在回答！我在竭盡全力回答：我已不能在黑夜中燃起更加熊熊的烈火了。

我已做了力所能及的事。我們都已做了力所能及的事，走了六十公里卻幾乎沒有喝水。如今我們將再也無水可喝了。要是我們不能等很久的話，難道是我們的錯嗎？我們可以乖乖地留在那裡吮吸我們的水壺。可是從我把錫壺底吸乾的那一秒鐘起，就有一個時鐘開始擺動了。從我把最後一滴水吮完的那一秒鐘起，我就開始走下坡路了。如果時間像江河似的把我沖走，我又能怎麼樣呢？普雷沃哭了。為了安慰他，我拍了拍他的肩膀說：

「要是我們命該完蛋的話，那就讓它們完蛋吧。」

他回答說：

「如果你以為我是為自己哭的話……」

唉！真的，我已經發現了這個明擺著的事情。沒有什麼不可忍受。明天或者後天，我仍會如此確認。我對苦刑只是半信半疑。對此我曾經思考過。曾有一天，我被關在機艙裡，以為自己要淹死了，但我那時並不感到十分痛苦。有幾次我以為自己就要被砸破腦袋了，但我也根本不覺得這是什麼不可忍受的事。此時此地我也不感到有多麼憂傷。明天，我將知道一些更奇怪的事。我雖然生了一堆大火，但我是否已經放棄了讓人聽到我的聲音了呢？只有上天才曉得了……

「如果你以為我是為自己……」是的，是的，這才是不能忍受的。我每次再見到這些期待的眼睛時，就像被火灸了一樣。我真想一骨碌爬起身來，朝著前面猛跑過去。那邊有人在呼救，有人落水了。

這是一種奇怪的角色顛倒。但我總是在想，事情就是這樣的。不過我需要普雷沃，才能完全肯定這一點。對於世人屢屢談及的面對死亡的憂傷，普雷沃也是不會理解的。但是有些東西是他所不能忍受的，對我也是如此。

呵！我真願意入睡，一個晚上或者幾個世紀。如果我睡著了，就會不分彼此了。還有，那又是多麼平靜呀！但是那些正在發出的叫喊，那些絕望的濃焰……我忍受不了這種景象，我不能對那些遇難的船隻袖手旁觀！每一秒鐘的沉默都會對我所愛的人造成傷害。怒火在我心中燃燒。為什麼這些鎖鏈要阻止我及時趕去援救？為什麼火光沒把我們的呼喚傳到世界的盡頭？耐心點吧……我們來了……我們來了！……我們是救難人員！

鎂板燒完了，火變成了紅色。只剩下一堆炭火，我們彎著腰取暖。我們巨大而明亮的信號完結了。它在這個世界上發動了什麼東西呢？唉！其實我很清楚，它什麼都沒能發動起來。它是一句未被神聽到的禱文。

好了。我就要睡著了。

5

清晨，我們用一塊舊布揩抹機翼，收集了一些混合著油漆和機油的露水，它們剛好充滿了一個玻璃杯底。雖然令人噁心，但我們還是把它喝了下去。沒有別的好喝，至少也算潤了潤嘴唇。用完這頓美餐之後，普雷沃說：

「幸好還有這把手槍。」

我猛然脾氣發作，懷著惡狠狠的敵意轉過身來對著他。此時此刻，我最痛恨的莫過於感情的流露。我有一種迫切的需要，認為一切都很平常。出生很平常的，長大很平常，渴死也很平常。

我斜眼看著普雷沃，準備揍他一頓讓他閉嘴。但是普雷沃說話時非常鎮定。他談到了衛生問題。他談到這件事時就好像在說「我們應該洗洗手」一樣。於是我們取得了一致意見。昨天我看到那個皮套時，就已經在打主意了。我的想法合情合理，但不傷感，只有人情才是傷感的。我們無能為力的是，無法使那些需要我們負責的人放心，手槍卻不是這樣。

一直沒人來找我們，或者更確切地說，他們可能正在別的地方找，可能是在阿拉伯半島。明天之前不可能聽到任何飛機聲，而那時我們已經放棄了。我們對這種唯一而遙遠的飛越已經無所謂了。我們像是混雜在沙漠裡千萬顆黑點中的兩顆黑點，不能妄想會被人認出來。世人將來對我現在所受苦難的種種說法，絕對不會準確。我沒有受到任何苦難，只是覺得救難人員似乎是在另一個宇宙裡飛行。

要找到降落在約三千公里之外沙漠裡的一架迷航的飛機，需要搜索十五天。因為他們可能要從的黎波里一直搜到波斯灣。不過今天，我還保留著這個渺茫的希望，既然別無其他希望；於是，我改變了策略，決定單獨出發去探索情況。普雷沃留下來準備好生火的材料，等飛機飛過，就把火燃起來。然而我們是不會有人來問津的。

我出發了。我甚至不曉得是否會有力氣再走回來。我回想起利比亞沙漠的情況。撒哈拉的溼度是百分之四十，而這裡降到了百分之十八。生命像蒸汽一樣地蒸發。根據貝都因人[13]、旅行家、殖民地軍官的報導，人類可以撐十九個小時不喝水。二十小時之後，眼睛就會冒金星，末日也就開始了，乾渴的打擊有如迅雷疾電。

但是，這陣東北風、這陣欺騙了我們的異乎尋常的風，超出了任何人的預料把我們釘在這個高原上，現在卻無疑延長了我們的生命。然而在眼睛裡最初的金星冒出來之前，它將給我們一個多長的寬限期呢？

我出發了，似乎是乘坐著一條獨木舟去漂洋過海。

但晨光熹微，這種景色也並不悲涼。我雙手插在口袋裡，像個順手牽羊的小偷一樣走著。昨天傍晚，我們在幾個神祕的洞口布下了幾張羅網，想當個獵人捕些野味。我先去查看那些陷阱，裡面空空如也。

我喝不到血了。說真的我也沒存那個希望。

我並不怎麼失望，而是感到十分驚奇。這些在沙漠裡的動物靠什麼過活呢？牠們大概是一

13 貝都因人：出自阿拉伯語，「貝都因」的意思為住帳篷的遊牧民，以區別定居務農的和住在城裡的阿拉伯人。

些犬耳狐，或者叫沙狐吧，一種食肉的小動物，身體有兔子那麼大，長著兩隻大耳朵。我抑制不住自己的好奇心，順著一頭小野獸留下的蹤跡找下去。這些蹤跡把我帶到了一條狹長的沙河旁，這裡的足跡十分明顯。我特別喜愛牠們三個扇形腳趾所留下的美如棕櫚葉片的腳印。我想像我的沙狐朋友在黎明時分從容迅步，舔嘗著石頭上的朝露。這地方足跡稀疏，我的朋友開始奔跑起來了。有一個同伴來找牠，牠倆齊頭徐奔。就這樣，我懷著奇特的快樂心情參加了這趟清晨的散步。我喜愛這些生命的跡象，暫時忘了口渴……

最後我終於找到了那些沙狐朋友的食品櫃。在這裡的沙面上，每隔一百公尺便長出一種又細又硬的灌木，狀如湯盆，莖上爬滿了金黃色的小蝸牛。沙狐一清早出來取食。我在此撞見了自然界的一個大奧祕。

沙狐並不是在每棵灌木前面都停步的。有些灌木，儘管布滿了蝸牛，但牠還是不屑一顧。牠在有些灌木旁邊繞上一圈時，顯然十分小心謹慎。有的灌木，牠倒是光顧了一下，但並沒有掃蕩無遺，嘗了兩三隻蝸牛之後，便又換了餐館。

沙狐難道是為了延長清晨散步的樂趣，故意不一下子吃飽喝足的嗎？我才不信。牠這一手，跟一種不可或缺的策略緊密相連。如果沙狐碰到第一棵灌木上的蝸牛，就狼吞虎嚥，飽餐一頓的話，只需吃上兩三回，就會把這棵灌木上的蝸牛吃個精光。這樣一來，一棵灌木接著一棵灌木，牠就摧毀了蝸牛繁衍。但是沙狐十分謹慎，避免妨害蝸牛傳宗接代。牠不僅一頓只吃百來個這種棕色的小生物，而且從來不捕食同一根枝條上相鄰的兩隻蝸牛。這說明沙狐意識到了這種危險性。如果牠肆無忌憚地飽吃一頓，蝸牛就會絕種。如果蝸牛絕種，沙狐也就活不下去了。

沙狐的足跡把我帶到了牠的洞穴。牠無疑就躲在洞裡傾聽著我的聲息，被我那雷鳴般的腳步聲嚇壞了。我對牠說：「我的小狐狸，我是完蛋了，但奇怪的是這並不妨害我對你的生活習性發生濃厚的興趣……」

我躲在那裡夢想著，覺得人是能適應一切的。當一個人想到三十年之後可能死去，這念頭不見得會破壞他生之歡樂。三十年和三天……這只不過是一個時間長短的問題……

然而某些情景，還是忘記為妙……

現在，我繼續走路。由於疲乏，我心裡發生了一些變化。如果海市蜃樓根本不存在的話，我也會把它們創造出來的……

「喂！」

我振臂高呼，可是那個打手勢的人只是一塊黑色的岩石。沙漠中的一切都活動起來。我想叫醒那個熟睡的貝都因人，他卻變成一根黑色的樹幹。成了樹幹？這種亮相使我大吃一驚。我彎下腰來，想撿起一根折斷了的樹枝，它變成了大理石！我抬起頭來，環顧四方，看到另外一些黑色大理石。

一座洪荒年代以前的森林裡，斷木枯枝鋪滿了地面。十萬年之前，這森林在一場創世紀的大風暴中，像教堂一樣坍塌了。悠悠歲月把這些巨大的樹幹滾送到了我面前，它們被磨得像鋼鐵一般光滑，變成了玻璃化石，顏色跟墨汁差不多。我仍可辨認出樹枝的結節，觀看生命的扭曲，計算樹幹的年輪。這座原本百鳥啾鳴的森林遭到厄運打擊，變成了一片鹽鹼地。我發覺這景色對我不善，這些比鐵甲似的丘陵更為陰沉的遺骸，板著面孔對我不予理睬。我這個活生生的人，在這些不朽不腐的石頭之中做什麼呢？我這個不能永存，不久就要毀滅的肉體，到這個永恆之地來做什麼呢？

從昨天算起，我走了約莫八十公里。可能是由於口渴，我有點頭暈目眩，但也可能是太陽曬的。陽光照耀著樹幹，樹幹像塗了油似的發亮。陽光照耀著整個地殼。這裡沒有沙子也沒有狐狸，只有一塊巨大無比的鐵砧板。我在這塊鐵砧板上行走，覺得太陽在我頭腦裡震響。呵！那邊……

「喂！喂！」

「那邊什麼都沒有，你不要激動，這是精神錯亂。」

我這樣自言自語，因為我需要求助於理智。不承認看到的東西很困難，不奔向那支正在行進的駱駝隊很不容易……那邊……你看！

「傻瓜，你明明知道這是你自己幻想出來的……」

「那麼世界上沒有什麼東西是真實的……」

沒有什麼是真實的，除了離我二十公里遠的山崗上的那個木架。那個木架，或者那個燈塔……

但這不是去大海的方向，所以那是個宗教的象徵物。

我整個晚上都在研究地圖。我的工作徒勞無益，因為我連自己的位置也搞不清楚。我俯身把所有標有人煙的記號查看了一遍。在某個地方，我發現了一個小圈，上面畫了一個十字。我查閱了一下圖例，上面寫的是「宗教設施」。在十字旁邊，有一個黑點，我又查閱地圖，上面寫道：「常年井」。我心頭劇震，再次高聲地念道：「常年井……常年井……常年井！」阿里巴巴和他的寶藏比得上一口常年井嗎？再遠一點，我又看到兩個白圈。圖例上寫道：「間歇井」。這就不那麼動人了。然後，周圍就沒有其他東西了，一無所有。

這不就是我的宗教設施嗎！為了召喚乘船失事的遇難者，教士在山崗上豎起一個高大的木架！我只要朝著它走過去就行了。我只要朝那些道明會的修士跑過去就行了……

「但是在利比亞，只有科普特修道院。」

「……朝那些勤懇的道明會修士奔去。他們擁有一個漂亮又清新的廚房，地上還鋪著紅磚。院子裡，還有一個生了鏽的奇妙汲水幫浦。在這個生鏽幫浦的下面，在幫浦的下面，你們可能已經猜出來了……在生鏽幫浦的下面，就是那口常年井！啊！等我去敲門的時候、等我去拉那口大鐘的鈴索的時候，那邊就要過節了……」

「傻瓜，你描述的是普羅旺斯的一間房子，那裡根本沒有鐘。」

「……當我去拉鈴繩的時候，修院的看門人會高舉雙臂對我歡呼道：『您是神的使者！』他招呼全院的修士，他們蜂擁而出，盛情款待我，就像接待一個窮孩子一般。他們把我擁向廚房。對我說道：『等一下，等一秒鐘，我的孩子……』我們到常年井那邊去……」

「而我，幸福得全身發抖……」

但是不，我不願僅僅因為山崗上根本就沒有什麼宗教的象徵物而痛哭流涕。

西邊給我們的允諾都是騙人的。我已經轉向朝正北走了。

北方至少充滿了大海的歌聲。

呵！翻過這座山峰，地平線便展現在眼前，世界上最漂亮的城市就在這裡了。

「你明明知道這是海市蜃樓。」

我當然曉得這是海市蜃樓。我是不會受騙上當的！但是假如我自願鑽進海市蜃樓呢？假如我心甘情願希望這樣呢？假如我高興愛上這座有雉堞有陽光的城市呢？假如我高興邁著輕快的步伐一直往前走呢？因為我再也不感到疲倦，因為我很幸福……普雷沃和他的手槍，真讓我覺得好笑！我寧願自我陶醉。我是醉了。我渴死了！

黃昏使我清醒過來。因為發現自己走得那麼遠而害怕起來，我突然止步不走了。黃昏時，海市蜃樓消失了。幫浦、宮闕、修士袍統統都從地平線上消失了，只剩下一望無際的沙漠。

「你走得太遠了！黑夜將會把你攫住，你只好等到天明，但明天你的腳印將會被抹掉，你就不知道自己在什麼地方了。」

「那麼，還不如繼續往前走……往回走有什麼用呢？當我可能就要……張臂迎接大海的時候，我再也不願改變方向了……」

「你在什麼地方看到海了？你永遠也到不了的。你與海之間大概隔了三百公里，而普雷沃這時卻正在飛機旁邊窺探哩！他可能已經被一支駱駝隊發現了……」

是的，我要往回轉，但是我要先招呼一下大家：

「喂！」

這個星球，不是由人住著的嗎……

「喂！人啦！」

我的嗓門嘶啞了，再也沒有聲音了，我感到這樣呼叫很可笑……我又喊了一遍：

「人啦！」

這聲音顯得有點誇張和自負。

我轉身走了。

走了兩個小時，我望見了火光，這是普雷沃朝天高擎的火把，他以為我走失了而感到害怕。呵！……我對此竟是無動於衷……

又走了一個小時……還有一千五百公尺。還有一百公尺，還有五十公尺。

「呵！」

我吃驚地停住了腳步，心頭充滿了歡樂，抑制住內心的衝動。普雷沃在火光的映照下，正跟兩個背靠著發動機的阿拉伯人談話。他還沒有看見我。他自己也開心得沒空想別的了。呵！假如我曾經像他那樣等待……我可能早就得救了！

我高興地叫道：「喂！」

兩個貝都因人跳起身來望著我，普雷沃丟下他們，單獨朝我走過來，我張開雙臂。普雷沃抓住我的胳臂，那麼是我要跌倒了嗎？我對他說：

「終究來了。」

「什麼終究來了？」

「阿拉伯人呀！」

「什麼阿拉伯人？」

「那兩個跟你在一起的阿拉伯人呀！」

普雷沃古怪地瞧著我，很不情願地向我吐露了一個嚴酷的祕密：

「根本就沒有什麼阿拉伯人……」

顯然，這一次是我要哭出來了。

6

在這裡，人不喝水可以活十九個小時。從昨天晚上開始，我們喝了些什麼呢？幾滴黎明時的露水！但由於一直刮著東北風，我們身上蒸發的速度也放慢了一點。這風還有助於高空烏雲的形成。啊！如果這些雲能飄到我們上空就好了，如果能下起雨來就好了！

但是，沙漠裡從來不下雨的。

「普雷沃，讓我們把降落傘裁成三角形的布片，再把這些布片用石頭壓在地上，如果風向不變的話，到天亮時，我們就可以把布片上的露水擰下來收集在一個燃油箱裡了。」

我們在星空下，把六塊白布一字鋪開。普雷沃拆下了一個燃油箱。我們就等著天亮了。

普雷沃在飛機的殘餘物資中發現了一個神奇的橘子。我們把它瓜分了，我因此很激動。然而，當我們需要二十升水的時候，半個橘子實在是太微不足道了。

我躺在篝火旁，端詳著這顆發光的水果。我想：「世人未必真正瞭解一個橘子是什麼……」我還想：「我們註定完了。不過，又一次地，這種必定完蛋的意念並沒有奪去我的樂趣。我手裡的這半個橘子是我平生最大的樂趣之一……」我仰臥在地上，吮吸著我的水果，數計著天空的流星，在這一分鐘之內，我感到無比幸福。我還想：「我們按其規律生活的世界，如果一個人沒有身受其困，也是不能猜透它的。」我直到今天才懂得死囚的香菸和蘭姆酒的意義。過去我不理解他們何以會接受這種待遇[14]。但他們卻得到了無窮的樂趣。人家如果看見他們笑，會以為他們很勇敢。殊不知他們笑的是喝到了蘭姆酒。人家不知道他們已經改變了觀點，他們是把這最後的時刻當作了整個人生。

我們收集到大量的水，也許有兩升。乾渴狀況結束了！我們得救了，我們有水喝了！

我在油箱裡舀了一錫壺的水，但是這水呈現出某種黃綠色。剛喝第一口，我就感覺味道非常可怕，儘管渴得難受，但在咽下這口水之前，我還得喘一口氣才行。哪怕是泥漿，我也可以喝下去，但是這股毒化了的金屬味卻比口乾更難以忍受。

普雷沃兩眼直盯著地面打轉，似乎在專心尋找什麼東西。突然他彎下腰來嘔吐，並且不停地轉圈。三十秒之後，輪到我發作了。我抽搐得那麼厲害，以致跪倒在地上，手指插到沙子裡。我們相互都不說話，整整一刻鐘，就這樣顫抖著，除了一點胃液之外，再吐不出任何別的東西來了。

這陣發作過去了。我心裡只剩下一種隱隱的噁心感。但是我們失去了最後的希望。我不知道我們的失敗是降落傘的塗料，還是淤垢在油箱裡的四氯化碳造成的。當初原本應該用另外一種容器或另外一些布片的。

那麼，讓我們趕快！天亮了。上路吧！我們就要逃離這座該死的高原，大踏步朝前走，直到跌倒為止。我追隨的是吉奧麥在安地斯山樹立的榜樣。從昨天起，我就非常想念他。我違背了「要待在破損的飛機旁邊」的明文規定。人家在這裡再也找不到我們了。

我們再次發現，我們並非沉船上的難民。沉船上的難民，那是一些等待著的人，是一些被沉默所威脅的人，是一些因為可惡的過失而痛徹心肺的人。大家不能不奔向他們。吉奧麥也是這樣，他從安地斯山回來後說，他就是朝著遇難船隻上的難民跑過去的！這是一個普遍的真理。

14 法國監獄的慣例，死刑犯在接受死刑前都會被賜予香菸和蘭姆酒。

「如果我是獨自一人活在這個世界上，」普雷沃說，「我就會躺下了。」我們朝東北方向筆直走去，如果越過了尼羅河的話，那現在每走一步都更深地陷進了阿拉伯沙漠。

關於那一天的事，我再也記不清楚了。我只記得很匆忙，匆匆忙忙地趕向任何地方，趕向我的死亡。我還記得，我是一邊趕路一邊看著大地，海市蜃樓弄得我很沮喪。我們經常用指南針校正方向，有時也躺下來喘口氣。我把過夜時用的橡膠雨衣扔在半路上的某個地方，其餘的就什麼都不知道了。只有晚間的清涼仍然留在我的記憶之中。我也像沙子一樣，心上的一切都被抹平擦光了。

日落時，我們決定露宿。我知道，我們應該繼續趕路，因為這個無水的夜晚將會置我們於死地。但是我們隨身帶了降落傘布，如果毒物不是來自塗料，那明天早晨就可能喝到水了。我們再次在星空下張布接收露水。

但是，這天晚上，北面的天空清澈無雲。風換了氣味，改變了方向。我們受到了沙漠熱氣的吹襲。猛獸已經甦醒！我感到牠在舔我們的手和臉。

不過，就算繼續走，也走不了十公里。三天來，我滴水未沾，已經走了一百八十多公里……

然而，休息的時候——

「我向你發誓，這是一座湖。」普雷沃說。

「你瘋了嗎？」

「在這種黃昏時刻，難道還會是海市蜃樓嗎？」

我什麼也沒有回答，長久以來，我已經不相信自己的眼睛了。這不是海市蜃樓，很可能，但是，這畢竟只是我們瘋狂的創造物。普雷沃怎麼還相信它呢？

普雷沃卻固執己見。

「離這裡二十分鐘，我現在就去看看……」

這麼頑固不化使我很生氣：

「你去看吧！散心去吧！這對健康很有好處。還有，你的那座湖，即使存在的話，也是鹹的，你要瞭解這一點。鹹還是不鹹，反正還遠呢。更重要的是：它根本不存在。」

普雷沃兩眼發直，已經走遠了。那種強烈無比的吸引力，我深有體會。我想：「有一些夢遊者，他們就要直接撲到火車輪底下去了。」我知道普雷沃不會回來了，空幻的景象使他鬼迷心竅，他不可能再走回頭路了。走不多遠他就會倒下去的。他死在他那邊，我死在我這邊。這一切又是多麼微不足道呀……

我明白，這種無動於衷的態度並不是好兆頭。有一次，我快要淹死的時候，內心深處也體驗過同樣的寧靜。不過我可以利用這個機會俯伏在石塊上寫一封遺書。我的遺書優美得體，毫無保留地寫出了我明智的忠告。重讀這封遺書的時候，我感到頗為自得，對這封遺書，世人將來會說：「這封遺書寫得真出色，寫遺書的人死得太可惜了！」

我也想弄明白自身的處境。我試圖分泌出一點唾液，我有多久沒有吐口水了呢？我再也沒有口水了。要是閉上嘴，就有一種黏沫把我的嘴唇粘住。這黏沫乾了之後，便在嘴唇外面形成一個硬的扣環，但是我試著把它咽下去，好幾次我居然成功了。我的眼睛裡還沒有金星亂迸。當這輝煌的景觀在我眼前出現時，也就是說我還可以活兩個小時。

天黑了。從那天夜晚開始，月亮漸漸豐盈。普雷沃沒有回來，我直挺挺地仰臥在地上，仔細思索著這些事情。眼前浮現一個從前的印象，我要努力明確表達出來。我好像……是在……船上！在赴南美洲的旅途之中，仰臥在船舶的甲板上，桅頂在群星中十分緩慢地移動。這裡現在少了一根桅桿，但我終究還是坐在船上，朝著一個我無能為力的目的地駛去。就像奴隸販子捆住了我的手腳，把我扔到了一條船上。

我想念普雷沃，他沒有回來。我沒有聽見他吐露過一次怨言，這可真是難得。聽見別人呻吟我就受不了。普雷沃算是一條漢子。

啊！在離我五百公尺的地方，他搖晃著他的燈！他迷了路了！我沒有燈來回應他，我爬起來，叫喊著，但是他聽不見……

離他的燈兩百公尺的地方亮起了第二盞燈、第三盞燈。這是在搜尋我呀！

我叫了起來：

「喂！」

但是他們聽不見我的聲音。

這三盞燈繼續打出呼喚的信號。

那天晚上，我沒有瘋。我感覺良好，心平氣和。我細心瞭望，五百公尺外有三盞燈。

「喂！」

但是他們依然聽不見我的聲音。

我頓時感到一陣恐慌，這是我唯一的體驗。啊！我還能跑動：「請等一等……等一等。」他們要轉身離去了！他們就要走遠了，要到別處去尋找我，而我就要跌倒了！在有人張臂歡迎我的時候，我卻在生命的門檻邊摔倒了……

「喂！喂！」

「喂！」

他們聽見我的聲音了。我氣喘得說不出話，叫不出聲音來了，但我還是跑個不停，朝著有聲音的方向跑去：「喂！」我看到了普雷沃，然後我跌倒了。

「啊！當我看見所有這些燈的時候……」

「什麼燈？」

的確，他只是孤單一人。

這一次，我絲毫也不感到失望，而是頗為惱怒。

「你的湖泊呢？」

「我走近它時，它卻遠離了我。我朝它走了半小時，發現它離我太遠了，就回來了。但是我現在更確信那是一個湖……」

「你瘋了，絕對瘋了。啊！你為什麼要這麼做……為什麼呢？」

他做了什麼？他為什麼要這麼做？我氣得真想哭，但我不明白自己為什麼生氣。普雷沃哽咽地解釋說：

「我多麼想弄點水喝……你的嘴唇那麼蒼白！」

啊！我的惱怒消退了……我摸了摸額頭，好像剛剛醒來似的，感到頗為憂傷，緩緩地告訴他：

「我看見，就像我現在看見你一樣，三盞燈，我看得清清楚楚，不可能弄錯……我告訴你，我看見三盞燈了，普雷沃！」

普雷沃最初沒有說話。

「沒錯，」他終於承認說，「情況不妙。」

在這種沒有水氣的空間，大地很快就發亮了。天氣變得很冷。我站起來，走動著，但是很快就顫抖得難以忍受。我的血液因為缺水而循環不暢。寒氣鑽心，但這並不只是夜間的寒冷。我的牙床格格作響，全身顫抖，連手電筒也不再聽我使喚了，因為我的手晃得厲害。我對寒冷一向並不敏感，如今卻要被活活凍死，飢渴產生的效應多麼奇怪呀！

因為懶得在驕陽下帶著橡膠雨衣，我在半路上就把它扔掉了，但現在風愈刮愈強。沙漠之中簡直沒有藏身之處，就像一塊大理石那樣光滑。白天烈日下找不到一片陰涼之地，夜晚冷風中更無半點遮攔。沒有一棵樹、一堵籬笆、一塊石頭可以容我藏身。寒風就像平川地帶的騎兵那樣衝殺過來，我只好團團打轉來躲閃。我時而躺下，時而站起。但不管是躺倒還是站立，我都得挨寒風的鞭笞。我跑不動了，筋疲力盡了，我無法躲開這些殺人凶手了，只好雙手抱頭，跪倒在屠刀之下。

過了一會兒，我清醒過來。我重新站起來，一直向前面走去，身子老是打戰！我在什麼地方？啊，我剛一動身，就聽見了普雷沃的聲音！原來是他的呼叫喚醒了我……

我回頭朝他走去，身體一直顫抖抽搐。我心想：「這不是寒冷，而是別的原因。是我的末日來臨了。」我失水太多。因為昨天和前天走得太多了，我孤身一人走著。

凍死的想法使我難受。我寧願死於內心的海市蜃樓。這個宗教設施、這些阿拉伯人、這些燈，總之，這一切開始引起我的興趣。我不喜歡像奴隸那樣挨鞭子……

我仍然跪在地上。

我們隨身帶了一點藥品：一百克純乙醚、一百克九十度的酒精和一瓶碘酒。我試著喝了兩三口純乙醚，好像吞下了幾把刀子。接著我喝了一點九十度的酒精，這下可把我的喉嚨封住了。

我在沙地上挖了一個坑，躺在坑裡面，用沙子蓋住身體，只把臉露在外面。普雷沃找到了些小樹枝，升起一堆火，火很快就滅了。普雷沃不肯把自己埋在沙裡，他寧願跺腳取暖。他錯了。

我的喉嚨仍然覺得難受，這可是不祥之兆，不過我的自我感覺好了一點。我感覺平靜，是因為超然於任何希望之外而感到平靜。我想像自己是身不由己而出門遠遊，被綁在裝運奴隸船隻的甲板上，在星空下漂流。但是我還不是最不幸的人……

只要我不動，就不再感到寒冷。我忘記了沉睡在沙堆下的身體，一動也不動，就這樣我將永遠不再感到痛苦。何況，說實在的，人也並不那麼痛苦……經過了所有這些折磨之後，剩下的也就只有疲勞的軀體和狂亂的精神了。一切都變成了頗為殘酷的畫冊和童話故事……剛才，風在圍追我，為了躲避它，我像頭野獸似的團團打轉。後來，我呼吸困難，像有一個膝蓋壓著我的胸口。我在天使的壓迫下掙扎。我在沙漠裡向來都不是孤獨一人。現在，我不再相信周圍的一切，我潛心斂氣，閉目養神，連一根睫毛都一動不動。我感覺到，有一股圖像的洪流裹帶著我，把我帶往一個安靜的夢境：在大海的深處，江河也安靜下來了。

永別了，我曾經愛過的人。如果人體扛不住三天滴水不沾的煎熬，那絕不是我的過錯。我過去沒有想到自己會如此依賴水源，也沒有想到耐渴時間會這麼短暫。大家都以為自己可以一往無前，都以為人是自由自在的……卻沒有看到有根繩子把人拴在水井邊，那根繩子有如臍帶般，把人掛在大地肚子上。誰越雷池一步，就必死無疑。

除了你們的痛苦，我別無所憾。歸根到柢，我這一生，得天獨厚，心滿意足。如果要我再活一輩子，我會依然故我，重新開始。我需要生活。但在城市裡，已經沒有人的生活了。

我這裡說的並非是飛行。飛行並不是目的，而是手段。世人並不是為了飛行才去冒險。農民也不是為了犁頭才去耕種。但是，藉由飛行，世人可以離開城市和會計師，可以重新找到鄉村的真諦。

我們做的是人的工作，我們瞭解人的憂慮。我們接觸的是風，是星星，是黑夜，是沙漠，是海洋。我們與大自然的力量比拚鬥智。我們等待黎明，有如園丁企盼早春。我們等待中途站，無異於等待一塊應許之地。我們在星群中尋求真理。

我不會埋怨。三天來，我到處奔走，口乾舌燥，在沙漠裡追尋人跡，把露水當希望。我盡力尋找同類，雖然，我早已忘記他們住在地球上的什麼地方。還有那些活著的人的憂慮。我把這些憂慮看得比在晚間選擇一家音樂廳更為重要。

我再也不能理解那些乘坐郊區火車的居民。他們自以為是人，卻因受到某種感覺不到的壓力，而成了像螞蟻似的昆蟲。他們有空的時候，是用什麼來消磨荒謬又短暫的星期天呢？有一次，在俄羅斯，我在一家工廠裡聽到有人演奏莫札特的音樂。我寫文章報導了這件事，結果收到了兩百封責難信。我並不責怪那些喜歡光顧演奏流行音樂的舞廳的人，他們根本不瞭解別的音樂。我只是責難開設這種舞廳的人，他們使人沉淪和墮落。

我樂在工作，我覺得自己是中途站的農民，在環行於郊區的火車裡，我的臨終感受和這地方大不相同！在這裡，無論從哪方面來看，我都是死得其所了！

我毫無遺憾。我盡了我的責任，雖然失敗了。對於我們這一行的人，這也很正常。無論如何，我呼吸過大海的風。

嘗過海風滋味的人，永遠忘不了這種養料。不是嗎？我的夥伴。我並不是說要過冒險的生活。這種說法有點誇張。就像我不喜歡鬥牛士，因為我喜歡的不是冒險。我知道自己所喜愛的東西，那就是生活。

天快亮了。我從沙堆裡伸出一隻手。在手邊有一塊三角布，我摸了摸這塊布，它仍然是乾的。讓我們再等一等吧。露水要到黎明時分才降下來呢。但是天大亮了，我們的衣衫卻滴露未沾。於是，我的思緒有點混亂了，我聽見自己在說：「這裡有一顆乾枯的心……一顆乾枯的心……一顆擠不出眼淚的乾枯的心！……」

「上路吧，普雷沃！我們的咽喉還沒有完全封閉窒息，我們應該繼續走下去。」

7

刮西風了，這種風在十九小時之內就可以把人吹乾。我的食道還沒有封閉，但變得又硬又痛。我推想是什麼東西在那裡摩擦，不久就要開始咳嗽了。這情形別人跟我描述過，我現在等著它來臨。我的舌頭也不自在了。但是最嚴重的還是我眼前出現了一些亮點。當這些亮點變成火花的時候，我就要躺下了。

我們走得很快，因為要利用涼爽的黎明趕路。我們清楚地知道，在烈日下，像人家說的那樣，我們再也走不動了。在烈日下……

我們沒有權利出汗，也沒有權利等待。這種涼爽只不過是溼度為百分之十八的那種涼爽，因為刮的風從沙漠吹來。在這種看來溫和實則坑人的西風撫摸下，我們的血都快蒸發了。

我們在第一天吃了幾粒葡萄。三天以來，吃了半個橘子，後來又是半個橘子，但我們用什麼唾液來咀嚼食物呢？我一點都不覺得餓，只覺得渴。從這時開始，我覺得比渴更難受的是渴的後果：這乾硬的咽喉，石膏一樣的舌頭，口腔裡的摩擦和嘴巴裡可怕的氣味。所有這些感覺對我來說都很新鮮。水無疑可以消除這些感覺，但是我根本不記得這種藥會和這些感覺連在一起。乾渴已經越來越不像一種欲望，而變成了一種越來越厲害的疾病。

我覺得噴泉和水果的形象也不那麼令我動心了。我忘記了橘子的光澤，就像忘記了自己的情感一樣。我可能把一切都忘了。

我們坐了下來，但是又該出發了。我們放棄了長時間的跋涉。走上五百公尺，便累得癱倒在地上。我非常高興能躺下來，但是又該出發了。

景色變了。腳下的石子稀少了。我們現在走在沙子上。前面兩公里有幾個沙丘，上面有幾點低矮的植物影子。跟鋼鐵的鎧甲相比，我更喜愛沙子。這是金黃色的沙漠，這是撒哈拉。我相信我認出了它……

現在，我們只要走上兩百公尺就筋疲力盡了。

「但我們還是要走下去。至少也要走到那些灌木旁邊。」

這是一個極限。八天以後，當我們循原路去找尋那架「西摩」飛機時，在汽車上證實，我們當時抱定的那個最後嘗試，是八十公里的路程。我已經走完了兩百公里，怎麼還能繼續走下去？

昨天，我無望地走著。今天，任何話都失去了意義。今天，我們是為了走而走，就像耕牛為了耕田而耕田一樣；昨天，我還夢想著遍地都是橘子樹的天堂，但今天對我來說，已經不存在什麼天堂。我再也不相信橘子的存在了。

除了一顆極度乾枯的心，我在自己身上再也感覺不到別的什麼了。我就要倒下了，完全沒有絕望之感，甚至也沒有痛苦之感。遺憾的是：憂傷之於我，像水那樣香甜。世人自憐自愛，像對朋友說話似的自怨自艾。但在這個世界上，我已再也沒有朋友了。

後來，人家找到我時，發現我兩眼火紅，以為我曾大聲呼喚，痛苦不堪。但是心情的激動、懊喪、痛苦，也都是財富。而我卻再也沒有一點財富了。天真活潑的女孩，在初戀的夜晚，感到悲傷而哭泣。悲傷和生命的顫動密切相連，而我卻不再有悲傷……

沙漠就是我。我再也吐不出一點口水，再也想不出什麼溫馨的形象，值得我回憶訴苦。太陽早已把我身上的淚腺曬乾了。

然而，我又看見什麼了？希望之風朝我拂來，有如海風掠過海面。最先使我的本能警覺，又喚醒我的神志的信號的，是什麼東西呢？什麼都沒有改變，但一切又都換了樣子。這片沙土、這些沙丘、這些淡淡的綠色斑影已經不再是一片風景，卻是一個舞臺了。雖然仍然空曠，卻一切準備就緒。我望著普雷沃，他和我一樣感到驚奇。但他也不理解自己的感覺。

我向您發誓，就要發生什麼事了……

我向您發誓，沙漠已經活躍起來。我向您發誓，這片空曠沉寂的沙漠突然顯得比嘈雜的廣場更為喧鬧……

我們有救了，沙地上出現了人的蹤跡！

啊！我們早已失去了人類的影蹤，和世人早已隔絕，在世界上孤苦伶仃，被熙來攘往的芸芸眾生遺忘。現在，我們竟發現了人的神奇足跡，赫然印現在沙地上。

「這地方，普雷沃，有兩個人分道揚鑣的足跡。」

「這裡，有駱駝跪過的痕跡……」

「這地方……」

可是，我們還沒有獲救。消極等待是不行的。幾小時之後，別人便再也不能解救我們了。只要我們開始咳嗽，渴魔的步伐就會快得驚人，而我們的咽喉……

但是我相信，這支駱駝隊正在沙漠中的某個地方遊蕩。

於是，我們仍然往前走。突然，我們聽見了公雞的鳴叫。吉奧麥對我說過：「最後，我聽到安地斯山中有公雞的叫聲，還聽到了火車的聲音……」

聽到雞叫的時候，我便想起了他講過的事。我想：「我的眼睛昏花不靈，大概是乾渴的後果，連我的耳朵也……」但是普雷沃抓住了我的手臂：

「你聽見了嗎？」

「聽見了什麼？」

「雞叫！」

「那麼……那麼……」

那麼，當然囉，傻瓜，這說明有人了……

我還產生了一個最後的幻覺：三條狗互相追逐。普雷沃也四下張望，卻什麼也沒有看到。但是我倆朝著那個貝都因人張開了雙臂，對著他使盡了我們肺腑中的全部氣息。我們幸福得哈哈大笑起來！……

然而我們的聲帶已經乾了，聲音傳不到三十公尺遠。兩個人說話的時候一直都是低聲細氣的，而我們卻沒有發現這一事實。

但是，這個貝都因人和他的駱駝剛從沙丘後面顯現出來，竟又慢慢地、慢慢地遠離了我們。也許他也是孑然一身。有個狠心的魔鬼讓他在我們眼前晃了一下，便又把他撤了回去……

然而我們已經不能再跑了！

另外一個阿拉伯人的側影出現在沙丘上。我們吼叫，但是聲音很低。於是，我們揮舞雙臂，即便天空已經被我們巨大的信號所遮沒，但是那個貝都因人卻總是注視著右前方……

他在那地方從容不迫地轉了四分之一圈。就在他將正面對著我們的那一秒鐘內，大功便可告成。就在他朝我們注視的那一秒鐘內，口渴、死亡和海市蜃樓已從我們身上一掃而光。他在那裡又轉了四分之一圈，就已經改變世界了。他只需挪動一下上半身，轉動一下黑眼珠，就可以創造生命，我覺得他無異於天神……

這是一個奇蹟……他在沙地上，彷彿天神在海面上一樣，朝著我們走過來。

阿拉伯人只是簡單地看了看我們，便用手按著我們的肩膀，我們聽從他的調理，躺倒在地上。此時此地，已經不再分什麼種族、語言、歧視了……只有這個貧窮的牧民用他天使般的雙手按在我們的肩膀上。

我們把額角貼在沙地上等待著。現在，我們肚皮貼地，腦袋伸進水盆，像小牛似的狂飲。貝都因人十分驚恐，幾次逼我們暫時停一下。但是只等他一鬆手，我們便又把整個面孔浸入水中去了。

水！

水呀！你既沒有滋味，又沒有顏色，也沒有芳香；世人無法給你下定義：大家都品嘗你，卻不認識你。你不是生命之必需，你就是生命。你滲透了我們全身，使我們獲得一種無法用感官表達的生趣。有了你，我們身上早已消失了的所有能力又都回到了體內。由於你的恩澤，我們內心所有乾涸的源泉又都源源暢通。

你是世間最大的財富，也是最微妙的財富。你在大地的腹中是那麼純潔。人會在一口含鎂的水泉邊死去，也會在離鹹水湖兩步遠的地方喪生。兩升露水中，即使只包含有幾顆鹽粒也能使人斃命。你不能接受任何混雜，也不能容忍絲毫變質，你是一位多疑難敬的神明……

現今，你使我們全身浸透了一種無限純真的幸福。

至於你，這位利比亞的貝都因人，是你救了我們的命，然後又在我們的記憶中永遠消失。我再也記不清你的面容。你是大寫的人，同時又以所有人的面孔出現在我面前。你從來也不曾仔細打量我們，卻已經認出了我們。你是親愛的兄弟。而我，我也將在所有人的身上把你認出來。

我覺得你高貴善良，是有權力賜人以甘露的偉大的主。我所有的朋友、我所有的敵人都體現在你身上，他們向我走來，而我在這個世界上已經再也沒有一個敵人了。

八人

1

我又一次碰到了一個我沒有理解的真理。

我以為自己已經完了，跌進了絕望的深淵，而一旦接受了命運的安排，我便得到了平靜。彷彿在這種時刻，人發現了自我，成了自己的朋友。沒有什麼能夠抵得上這種完美的感情，它能滿足我們內心的基本需求。我想像，風塵僕僕、疲於奔命的包拉富經歷過這種恬靜的境界，吉奧麥在冰天雪地裡也經歷過這種境界。我又怎能忘記，在那披星戴月的夜晚，我全身埋在沙裡，只有脖子和腦袋還露在外面，喉嚨被乾渴折磨得快要窒死，心中卻熱呼呼的經歷呢？

我們如何促成這種解脫呢？人的一切都是自相矛盾的。你保證他有麵包吃，讓他去創造，他卻昏昏入睡；獲勝的征服者變得萎靡不振；慷慨的人發了財，也會變得一毛不拔。那些妄稱能使人發光的政治學說，跟我們有什麼關係呢，如果我們首先不瞭解要使什麼樣的人發光的話？將要誕生的是什麼樣的人呢？我們不是肥胖的畜生，一個貧困帕斯卡的出世比好幾個富裕庸人的誕生意義要重大得多。

本質的東西，我們沒法預見。我們每一個人都曾經在根本意想不到的場合，體驗過最熱烈的歡欣快慰。這種歡愉讓我們產生的懷念是那麼強烈，使我們對自己的困苦也會感到留戀。假如正是這些困苦才帶來歡樂的話：當我們跟自己的夥伴重逢的時候，大家在共同回首那些不愉快的往事中，便能嘗到回憶的愉快。

我們只知道存在一些尚不為人所知的條件滋養我們成長，除此之外，我們還知道別的什麼嗎？人的真理寓居在什麼地方？

真理是不能自我檢驗的。如果是在這塊地，而不是在另一塊地裡，橘樹生根結果，那這塊地就是橘樹的真理。如果一種宗教、一種文化、一種價值標準、一種活動方式，而不是其他別的東西，可以使人豐富，有所發展，可以發揮他潛在的高貴品德，那就是說，這種價值標準、這種文化、這種活動方式意味著人的真理。邏輯呢？讓它自己設法向生活交差吧。

在我的這本書裡，我列舉了一些人。他們屬於服從一種至高使命的人，他們選擇了沙漠或航空，就像另外一些人選擇了修道院一樣。但是如果你覺得我是在鼓勵你首先去讚美人的話，那就背離了我的初衷。首先應該讚美的是造就人的土壤。

使命無疑也發揮了某種作用。一些人自困在他們的店鋪裡。另一些人朝著一個必需的方向迅猛前進；我們在他們的童年故事中可以找到處於萌芽狀態的那些激情，這些激情能解釋他們一生的命運。但是歷史在事後談起來，總是使人產生幻覺。這些激情，我們幾乎可以在所有人的身上找到。我們也都認識一些店鋪老闆，他們在船舶遇難或發生火災的某個夜晚，顯得比平時要偉大。他們不會質疑自己完滿的品性，這場火災成為他們生命中最值得紀念的一夜。但是由於缺乏新的機遇、有利的土壤與嚴格的宗教，他們不相信自身的偉大，又重新沉睡了。使命感肯定可以幫助人獲得釋放，但是同時也必須釋放使命感。

航空之夜，沙漠之夜……這都是一些少有的機會，並非人人都能碰上。然而在環境驅使下，他們全都表現出同樣的需要。如果我在這裡講述我在西班牙度過的一個夜晚，應該不算是離題。那一晚就正是在這方面教育了我。我談論某些人談得太多了，我喜歡談談所有的人。

當時，我作為記者去馬德里前線採訪。那天晚上，我在一個地下掩蔽所的角落裡，和一個年輕的上尉同桌吃飯。

2

電話鈴響時，我們正在聊天。上尉和對方談了很久：上級傳達了要在當地進攻的命令，這是一次荒謬而絕望的進攻，要求占領幾所已改成水泥碉堡的房子。上尉聳了聳肩膀，回到我們身邊說：「我們之中要打頭陣的人站出來……」接著，他把兩杯干邑白蘭地推到一位正好在場的中士和我面前，他對中士說：

「你跟我先上。喝完去睡吧！」

中士去睡了。我們十二個人圍坐在桌旁守夜。在這間密封得沒有一絲光線的地下室裡，燈光是那麼強烈，照得我不斷眨眼。五分鐘前，我從一個槍眼向外面瞄了一眼。掀掉遮蓋槍眼的破布之後，深邃的月光傾瀉在似有幽靈出沒的一片廢墟之上。我再蓋上遮布，將月光如一塊油漬那樣抹掉了。現在，我眼前仍然保留著陰森森的碉堡形象。

這些士兵肯定將一去不復返了。但是他們都莊重地沉默著。這次進攻是執行命令。從人庫裡調人，就像從穀倉裡取糧一樣，撒出一把穀粒是為了播種。

我們喝著干邑白蘭地。我右邊的人在下棋，左邊的人在開玩笑。我現在在什麼地方呢？一個喝得半醉的人走了進來，他撫弄著凌亂的鬍鬚，溫和的眼睛在我們身上轉動，然後停在干邑白蘭地上，挪開後又回到酒上，帶著哀求的神色轉向上尉。上尉低聲笑了。那人由於希望的鼓動，也笑了起來。輕微的笑聲在旁觀者之中蔓延。上尉慢慢地把瓶子往後推，那人露出了失望的神色。一場天真的遊戲就這樣展開了。這是在疲乏的不眠之夜，士兵等待拂曉的進攻時，在煙霧繚繞裡上演著一幕悄然無聲、近乎夢境般的芭蕾舞劇。

我們把自己關在大船暖烘烘的底艙裡玩遊戲，而在外面，海浪似的爆炸聲一陣高過一陣。這些人不久就將在戰爭之夜的帝王之水中洗盡汗水，消除他們的酒氣，擺脫等待時的無聊煩悶。他們是那麼接近靈魂的淨化時刻。但是，他們還是盡可能地跳起了醉漢與酒瓶的芭蕾舞，盡可能地下完了這盤棋，盡可能地活下去。然而，他們已經撥準了放在擱板上的鬧鐘；鈴聲即將震響，這些人將站立起來，伸伸懶腰，扣好腰帶。上尉將拔出手槍，醉漢也將清醒過來。於是，他們沿著那條坡度徐徐上升的走廊，一直走到一扇天藍色的矩形門門口。他們將隨便說上幾句簡短的話，比如「倒楣的衝鋒……」或者「好冷的天氣啊」，然後沉沒在黑夜裡。

時間到了，中士醒了。他躺在地下室廢物堆中間的一張鐵床上。我曾看著他沉睡，我也體會過這種無憂無慮、舒服無比的睡眠。他使我想起在利比亞的第一個夜晚：我和普雷沃墜落在沙漠裡，沒有水，命裡註定活不久了。我們在還沒有感到極端口渴之前，居然能睡上一覺，整整兩個小時。沉睡中我使用了一種令人讚歎的權力，也就是拒絕現實世界的權力。我當時完全主宰著自己的身體，它還沒有使我失去平衡。當我把面孔埋在雙臂之中時，這一晚跟另外一個幸福的夜晚毫無差別。

中士就是這樣躺著的，蜷成一團，不像人的樣子；當那些來喊醒他的人點燃一支蠟燭，插在一個長頸瓶口內時，我最初竟分辨不出這堆物體是什麼。但是兩隻靴子卻是看得一清二楚的。這是一雙釘了鐵釘和鐵掌的碩大靴子，那種臨時工或者碼頭工人穿的靴子。

這個人腳上穿的是工具，全身上下也無一不是些工具：子彈帶、手槍、皮背帶、腰帶。他帶著馱鞍、頸圈，以及耕田的馬匹所需要的全套馬具。在摩洛哥地窖的一角，可以看到一些瞎眼的馬匹在推磨。此時此地，在搖曳不定的紅色燭光下，人家喚醒的也是一匹瞎了眼的馬，好讓牠去推磨。

「嗨！中士。」

他慢慢地動了一下，抬起睡眼惺忪的面孔，嘴裡嘟嘟囔囔，不知所云。接著他又轉身朝著牆壁睡著了。他不想醒來，鑽進了沉醉的睡鄉，有如棲身在寧靜母腹中的胎兒，有如鑽進深邃的海底，雙手握拳，時張時合，像在抓什麼黑色的海藻。必須掰開他的手指才好。我們坐在他的床邊，有人輕輕地把手臂伸到他脖頸後面，微笑著托起這顆沉重的頭顱。這場景就像暖烘烘的馬廄裡，交頸廝磨的馬匹之間所表現出來的那種親熱。「喂，弟兄！」我一輩子還未見過比這更親切的場面。中士做了最後一次努力想回到甜蜜的夢鄉，他拒絕回到這個動亂、費力傷神、寒冷漆黑的世界。然而一切都為時太晚了。外界事物要強加於他了。好比中學裡的鐘聲，星期天慢慢地喚醒了受到處罰的學生；他早已忘記了課桌、黑板和罰做的作業。他夢見在田野裡玩遊戲，但是一切都是枉然。鐘聲總是在響，毫不留情地把他拉回到不平的人世。中士就像那個中學生一樣，漸漸意識到了自己這具疲憊不堪的軀殼，這具他甘心捨棄的皮囊，這具剛剛甦醒，寒氣中關節馬上就要疼痛，接著就要忍受馬具的重壓、沉重的奔跑，最後便要死去的軀體。這具軀體即便死了，也比雙手浸在黏糊糊的血泊中掙扎著再爬起來，氣息奄奄、周身冰涼要好受得多。痛痛快快的死勝過死前的活受罪。我望著中士，頭腦裡卻一直想著自己那次醒後的憂傷心情，想著又要再受口乾、曝曬、沙漠的折磨，又要繼續忍受生命的重負，這可是我不願選擇的夢境。

但是他已經站起來，直盯著我的眼睛問道：

「時間到了？」

在這裡，一個真正的人出現了。此時此刻，他超越了邏輯的推理：中士微笑著！他這是受了一種什麼樣的誘惑呢？我記起有一天晚上，在巴黎，麥爾莫茲和我，還有其他幾個朋友，忘了是慶祝一個什麼樣的紀念日，破曉時我們聚在一家酒吧門口。由於談了那麼多話，喝了那麼多酒，鬧得無聊而感到噁心作嘔。但是因為天色已經發白，麥爾莫茲突然抓住我的手臂，他抓得那麼緊，使我感到了他指甲的壓迫。「你看，這時候要是在達卡……」

這正是技師揉搓著雙眼取下螺旋槳套的時刻，正是飛行員去查詢天氣預報的時刻，正是大地上夥伴到處活動的時刻。天空已泛起朝霞，有人在專為別人準備節日，鋪上了宴席的臺布。但是，他們並不是被邀的賓客，卻要冒著生命危險前往……

「但這裡是多麼骯髒惡濁……」麥爾莫茲結束了他的話。

而你，中士，你應邀去參加的是什麼樣的宴會呢？它值得你為之付出自己的生命嗎？

我曾經聽到你的內心話。你向我講述過你的故事：你是巴塞隆納某個地方的一個小會計，從前撥弄的是數字，那時你並不怎麼關心國家的分裂。但是一位夥伴參軍了，接著第二位，然後第三位，而你也驚奇地接受了異常的變化：你逐漸覺得會計工作很無聊了。你的歡樂、憂慮、小康的生活，所有這些都是屬於過去年代的事了。這些倒也並不特別重要。最後，傳來了你的一個朋友的死訊。他是在馬拉加附近遇害的。這也不是你特別想為他復仇的一位朋友。至於政治，它也從未打擾過你。然而這條消息卻像一陣海風一樣朝你吹過來，闖進了你狹小的生活天地。那天早上，一位夥伴望著你說：

「我們去嗎？」

「我們去。」

於是你們就這樣「來」了。

我腦子裡產生了幾個形象，可以用來解釋你沒能用言語表達出來的這個真理，指揮著你的正是這個真理。

當野鴨在遷徙季節旅行的時候，在牠們沿途飛越的地域引起了陣陣好奇的騷動。家鴨似乎受到了高空中列成三角形陣勢飛行的野鴨吸引，在地上笨拙地撲翅蹦跳。野鴨的呼叫喚醒了牠們身上某種殘存的野性。於是，農莊裡的鴨子頓時也想成為候鳥。在牠們遲鈍的小腦袋裡，以前縈繞的是野外的沼澤、小蟲子、飼養房等簡樸的形象，現在則展現出遼闊的幅員、高空的雄風、汪洋的大海。家鴨原來並不知道自己的頭腦竟也足以容納那麼多奇妙事物，現在，你看牠拍打著翅膀，蔑視穀粒、蔑視昆蟲，一心要成為野鴨。

但是我更多的還是想起了那些羚羊——我曾經在朱比角養過幾頭小羚羊。在那地方大家都養過羚羊。我們把牠們關在露天的木柵房裡，因為羚羊必須餐風露宿，但牠們又比什麼都嬌弱。人類把牠們從小捕來，加以馴養，小羚羊甚至還會跑到你的手裡來尋食。牠們讓人撫摸，把溼潤的鼻子伸到你的掌心上來。人類以為牠們已經被馴服，以為牠們躲過了無聲無息地消亡和夭折的無名悲傷……

但是這樣的一天終於來臨了。牠們朝著沙漠的方向，用幼小的頭角頂撞木柵欄。牠們是受到了磁力的吸引。牠們並不明白這是在逃避你。你拿來的牛奶，牠們還是照喝不誤，還是讓你撫摸，仍然把鼻子更討人歡心地伸進你的掌心……但是你一放開，就會發現牠們似乎在歡快地蹦跳，然後又去挨靠在木柵旁邊了。

假如你不去干涉的話，牠們會待在那裡，儘管並不想頂破柵欄，而只是低垂著脖子，用稚嫩的頭角抵著柵欄，至死方休。是因為到了發情的季節，還是僅僅因為需要跑它個上氣不接下氣？牠們也說不上來。當人家把牠們抓獲送給你時，牠們連眼睛都還不曾睜開，對沙漠上的自由，就像對雄性的氣息那樣一無所知。

但是，你比牠們聰明得多，知道牠們在追求什麼，那就是使牠們充分發展的廣袤原野。牠們想以每小時一百三十公里的速度，體驗筆直奔逃的滋味，在塵沙滾滾的中途又突然收腿停蹄，好像到處都會有火焰從沙子裡冒出來一般。如果羚羊的真理就是對於恐懼的體味，只有恐懼才能迫使牠們跑得更快，激勵牠們蹦得更高、更遠，那遇到豺狼就無所謂了。如果羚羊的真理就是在陽光下被利爪撕裂，那遇到獅子也無關緊要了。你望著牠們，你想，牠們得了思鄉病。思鄉病就是世人無以名狀的願望……這種願望的對象是存在的，但是沒有言語把它表達出來。

而我們，缺少的又是什麼呢？

中士，你在這地方又能找到什麼？誰教你再也不願背叛命運？也許是這隻托起你沉睡頭顱的友善手臂？也許是這無怨無私和你憂樂與共的溫和微笑？「喂！弟兄……」和埋怨，這是兩回事，這代表著分裂。但是存在著一種高水準的人類關係，到了這種高度，感激和憐憫都喪失了意義。只有在這種高度上，人才能像被釋放的囚犯一樣呼吸。

當我們兩架飛機一組，比翼飛越當時尚未歸順的里奧德奧羅時，就體會過這種團結的感覺。我從未聽到過海上遇難者向他們的營救者道過謝，更經常的情況是：當把袋袋郵件從一架飛機轉運到另一架飛機上，而累得疲憊不堪時，我們相互辱罵：「混蛋！我這次故障，完全要怪你，分明是頂著逆風，你還瘋了一樣要在兩千公尺的高度飛。如果你跟著我低空飛行，可能早就到艾蒂安港了！」而那位冒著生命危險的飛行員，卻因成了混蛋而感到羞愧。可是我們應該感謝他什麼呢？我們的生命也仰仗於他。我們是同一棵樹上的樹枝。你救了我，我因你而驕傲！

中士，為什麼那個叫醒你去送死的人又要憐惜你呢？你們是共同承擔這份風險嗎？這一刻，我們發現了無需用言語表達的團結。我明白你為何出走從戎了。假如說你在巴塞隆納時是個窮光蛋，下班後剩下孤家寡人一個，連棲身之地都沒有，在這裡，你卻有實現了自我的感覺，找到了與世界的連結；在這裡，你這個賤民，也得到了愛的關注。

政客的豪言壯語，是否出於誠意、是否合乎邏輯，我都不屑於瞭解。如果這些話在你身上發生了效果，就像種子會發芽那樣，是因為它們迎合了你的需要。你是唯一的裁判，只有土地才能辨認麥子。

3

一個共同的遙遠目標把我們連結起來，我們就是這樣生活的。經驗告訴我們，愛絕不是互相凝視，而是共同展望一個方向。只有連結在同一根登山繩索上，朝著同一個峰頂攀援，並去那裡會合的人才稱得上是夥伴。否則，在這個太平盛世，當我們在沙漠裡分享最後的食物時，為什麼會感到滿足和高興呢？在這件事上，社會學家的預言又值幾何？對我們當中那些在撒哈拉沙漠中體會過故障排除後的歡樂心情的人來說，其他的歡樂都顯得微不足道了。

這可能是今日世界在我們周圍崩潰的原因。為了保衛那些許諾世人能得到滿足的宗教，人人都慷慨激昂。大家使用相互矛盾的語言，表達同樣的熱情。然而，我們在作為推理結果的方法上存有分歧，目標卻是同樣的。

因此，我們無須驚訝。有人本來沒有想到自己身上還沉睡著一個陌生人，但是只要他到巴塞隆納無政府主義者聚會的地下酒吧去一次，他就會受到犧牲、互助等言論和正義的嚴峻形象的影響，發覺自己身上的那個陌生人甦醒了：這個人只瞭解一個真理——無政府主義者的真理。還有人可能只站過一次崗，為的是保護西班牙修道院內一大批驚慌失措地跪在地上的小修女，最終為教會獻身。

當麥爾莫茲心懷必勝信念，駕機深入智利境內的安地斯山脈時，如果你責怪他錯了，認為一個商人的信件不值得去冒生命的危險，麥爾莫茲會一笑置之。真理，就是當他越過安地斯山時，在他心中誕生的東西。

如果你想用戰爭的恐怖來說服一個打仗的人，你可切勿把他當野蠻人，評判他之前，首先要努力瞭解他。

請看下面的事例：

在里夫[15]戰爭期間，有個來自南方的法國軍官指揮著一個前線哨所，哨所夾在抵抗部落占據的兩座山頭之間。一天晚上，這位軍官接待了從西山下來的談判代表。正當他們按禮節喝茶的時候，槍聲響了。東山的部落向哨所發動了進攻。上尉想把西山的談判代表送走，準備戰鬥。對方的使者回答說：「今天我們是你的客人，真主不允許我們拋棄你……」於是他們和上尉的士兵並肩戰鬥，保住了哨所，然後再返回他們的鷹穴。

但是，輪到西山的部落向哨所發動進攻的前夕，他們又派使者來見上尉說：

「那天晚上，我們幫了你……」

「是這樣的。」

「我們為你打掉了三百發子彈……」

「是這樣的。」

「你應該還我們三百發子彈才對。」

上尉寬宏大量，不能利用他們的高尚行為沾光貪便宜。他把彈藥如數歸還了他們，後來他們就是用這些彈藥再來打上尉的。

人的真理，就是要使其成為一個人。

有人理解彼此關係中的這種尊嚴、社會生活中的這種正直、這種鼓舞人心的相互尊重。還有的人譁眾取寵，對同樣的一些阿拉伯人握手拍肩，表示友善，奉承他們的同時又示以侮辱。當你認為他們不對的時候，你將會感到一種輕蔑的憐憫，因為他們認為自己有充分的理由。

但是，你也有充分的理由憎惡戰爭。

為了懂得人和他的需要、為了從本質上瞭解人，不要把各自的真理互相對立。沒錯，你有自己的理由。你們大家都有自己的理由。邏輯將會推論證明一切。甚至把世間的痛苦都歸罪於駝背的人，也是有理由的。如果我們向駝背的人宣戰，將迅速學會狂熱衝動。我們將要報復

15 里夫：摩洛哥地名，一九二五年該地區的人民因反抗外來侵略，和法國、西班牙的聯合部隊發生過一場戰爭。

駝背者的罪行，的確，駝背者肯定也有犯過罪的。

為了突出本質，必須忘掉分歧。這些分歧一旦被人認可，就會產生一部通篇不可動搖的「真理之書」，以及由此引出的熱烈追隨。我們可以把人分成兩個不同的群體，這些區分無懈可擊。但是，你知道的，真理是把世界簡化，而不是製造混亂。真理是使普遍精神突出的語言。牛頓並非用解謎的方法「發現」了一條長時間隱蔽的規律，而是進行了一次創造性的運算。他創立了一種人的語言，既能解釋蘋果為什麼會落到草地裡，也能解釋太陽的升起。真理不是自我證明的東西，而是簡化的東西。

討論各種意識形態有什麼用呢？如果所有的意識形態都能互相得到證明，又都是互相對立的，那麼這樣的討論，使人毫無希望得救。而人，不管是在天涯海角，還是在我們周圍，都有同樣的需要。

我們想獲得解脫。就像揮舞鎬頭的人，想瞭解揮鎬的意義。勞改犯的一鎬和探勘者的一鎬大不一樣。勞改犯的一鎬是對他們的懲罰和使他們感到羞恥的一鎬，探勘者的一鎬是使他們變得偉大起來的一鎬。需要用鎬的地方，並不一定就是監獄，令人恐慌的只是毫無意義地掄鎬刨地。不能把掄鎬的人與人類大家庭融合在一起的那種所在才是監獄。

我們要衝破牢籠。

在歐洲，有兩億人活得毫無意義，他們要求像樣的生活。工業使他們失去了傳統農民的語言，把他們禁閉在巨大的貧民窟裡，這些貧民窟和塞滿了一列列黑色車廂的調車場十分相像。他們在工人住宅區的角落裡，渴望覺醒。

還有一些人，捲進了各行各業的齒輪：先驅者的歡樂、宗教的歡樂、學者的歡樂與他們無緣。世人以為，為了使他們生長，只需給他們穿衣吃飯，滿足他們的所有需求就夠了，於是逐漸把他們造就成庫特林[16]式的小資產階級、鄉村的政客和內心封閉的技術員。儘管給他們灌輸了知識，卻再也沒有施予教育。對教育形成了一種錯誤的見解，有人認為教育就在於背誦公式。理科班的一個後段生，在自然及其規律方面都比笛卡兒和帕斯卡知道得要多。但是在智慧上，他能進行同樣的演算和推理嗎？

所有人，或強或弱，或明或暗，都感到新生的需要。但是有些辦法是騙人的。誠然，可以給人披上軍裝來鼓動他們。他們高唱戰歌，和同袍分食麵包。他們將找到所追求的東西，就是對普遍精神的愛好。但是，他們將死於獻給他們的麵包。

---

16 庫特林：喬治・庫特林（一八五八—一九二九），法國小說家和戲劇家，作品中主要人物多為庸俗可笑的小人物。

世人可以從地裡挖掘出木頭偶像，復活那些得到過應驗的古老神話，復活泛日爾曼主義或者羅馬帝國的神祕主義。世人也可以向德國人灌輸：作為德國人和貝多芬的同胞是多麼令人陶醉。世人甚至可以把一個船上的伙夫也哄騙得得意忘形。顯然，這要比把一個伙夫造就成一個貝多芬容易得多了。

但是這一類的偶像崇拜是殘忍的偶像崇拜。為了使知識進步和為了醫治疾病而死去的人，同時就是在為生命服務。為領土的擴張而獻身或許是壯麗的，但是今日的戰爭摧毀了它聲稱要保護的東西。今天，問題已經不在於灑少許鮮血來救活整個種族。從戰爭使用飛機和芥子氣的時日開始，它就成了一次大流血的外科手術。每個人都躲在水泥工事裡，每個人都無可奈何，只好每晚派出成批的飛機去轟炸對方的心臟，炸斷對方的命脈，使對方的生產和貿易陷於癱瘓。勝利，屬於最後垮臺的一方。但結果是兩個對手一同垮臺。

在一個變成了沙漠的世界上，我們渴望找到夥伴，夥伴間分享麵包的樂趣使我們接受了戰爭的價值。但是我們並不需要借助戰爭，來獲得向同一個目標前進時並肩廝磨的溫暖。戰爭欺騙了我們。仇恨並不會激發我們往這個目標前進。

我們為什麼要互相仇恨呢？我們生活在同一個星球之上，命運相連，是同舟共濟的水手。如果說幾種文明的對立有利於促進新的綜合，那麼互相殘殺則是殘酷而可怕。

為了使我們得以解脫，需要有一個把我們連結在一起的目標，並在把我們連在一起的地方去尋找這一目標。看病的外科醫生並不會聽病人訴苦，他要治療的是那個人。外科醫生說的是一種共通的語言。物理學家也是一樣，當他思考那些幾乎是神聖的方程式時，既理解了原子，又掌握了星星的奧祕。即使最普通的牧羊人，也是一樣。在星空下，他兢兢業業照看著幾頭羊，倘若覺悟到了自己的使命，就會發覺自己不再是奴僕。他是哨兵。每個哨兵都要對整個帝國負責。

你以為這個牧羊人不願有所覺悟嗎？我在馬德里前線參觀過一座學校，離戰壕五百公尺，在山崗上一堵低矮的石壁後面，一個二等兵在上植物課。他把虞美人的各部分器官一一肢解下來，總是能吸引幾個滿臉鬍子的朝聖者。他們抖落身上的泥土，不顧連天的炮火，爬到他那裡朝聖。他們一圍到二等兵身邊，便盤腿坐下，一隻拳頭托著下巴，專心地聽他講解。他們皺眉咬牙，對所講的功課聽懂的不多，但是人家曾對他們說：「你們都是些無知的野蠻人，剛剛從獸洞裡爬出來的人，趕快去追上人類！」於是，為了和人類會合，他們急忙邁開了笨重的步伐。

只有當我們意識到自己的作用，哪怕是最不顯眼的作用時，我們才是幸福的。我們才能心安理得地生、心安理得地死，因為生有了意義，死也就有了意義。

當死亡作為一種正常的自然規律出現時，當普羅旺斯的老農享盡天年，把他的那份家業——山羊和橄欖樹——遺留給他的孩子，好讓他們將來再留傳給子孫時，死亡是非常甜蜜的。在農民的世系裡，人不會完全死去。每個生命都會像一顆豆莢那樣，總會輪到它爆裂開來，留下種子。

有一次，我和三個農民並排坐在一起，面對著他們母親的靈床。這情景當然令人悲痛。這等於是第二次割斷臍帶。一個把上一代和下一代連結起來的繩結第二次解開了。這三個孩子成了孤兒，一切都要從頭學起，再也沒有節日裡全家團聚的餐桌，再也沒有大家賴以凝聚的磁極。但是，我也發覺，在這種訣別中，生命獲得了第二次體現。這些孩子也會成為一家之主，成為團結大家的聚焦點，成為眾望所歸的長者，也會有一天，輪到他們把指揮權移交給現在正在院子裡嬉戲的那群孩子。

我望著那位母親，她雙唇緊閉，面貌平靜而又嚴肅。我從這副已變成石頭面具的面孔中，辨認出了她孩子的面貌。這副面具曾用來印製他們的面貌，這副軀體也曾用來孕育成她孩子的軀體，這些美麗的人的標本。現在，她被死亡壓倒躺在那裡，好像被人取走果實的一個空殼。將來，又要輪到她的兒女，用他們的肉體去生兒育女。在農村，生命並沒有中斷。母親故去，母親萬歲！

這景象令人悲痛，是的，但它又是那樣地平凡和簡單。這種世代交替的景象，把那些白髮蒼蒼的美麗遺骸，一具又一具地拋落在沿途，透過脫胎換骨，走向我無從知曉的真理。

因此，那天晚上，我感到那個小村落的喪鐘聲並不完全是絕望的，而是充滿著一種含蓄的溫和歡欣。它以同樣的聲音來慶賀葬禮和洗禮，再一次宣告著世代的交替。眾人在聽到這位可憐的老婦人和大地的婚禮曲時，只感到十分恬靜。

世代交替，跟樹幹的緩慢生長一樣，傳承生命與良知。多麼神祕的昇華！一堆岩漿、一塊隕石、一個能神奇地繁育的活細胞，我們就是從這些東西裡面誕生出來的，然後逐漸成長，不斷接受教育，直到可以譜寫清唱劇和探究銀河。

母親不只是把生命傳給後代，還傳授一種語言，她把世世代代緩慢累積起來的知識託付給他們，這份她自己也受之於前一輩的精神遺產。這些傳統、觀念和神話，構成了牛頓或莎士比亞不同於穴居野蠻人的全部區別。

不足之感，促使西班牙士兵在槍林彈雨中學習植物課，促使麥爾莫茲飛向南大西洋，促使另一個人獻身於詩歌；我們也有飢餓的時候，所以能理解他們的這種不滿足。這是因為人類的創造還沒有根本完成，我們對於自己和宇宙應該有更清晰的認識。我們應該在黑夜裡架起橋梁。那些把「無動於衷、獨善其身」當作自己座右銘的人不會理解這一點；但是這種座右銘會毀滅一切！夥伴、我的夥伴，我請你們作證，我們在什麼時候才感到了幸福？

4

在這本書的最後一章，我又想起了那些年老的公務員。當我們終於有幸得到任命，準備脫殼成人的時候，他們在第一架郵政飛機首次航行的黎明伴送我們去機場。他們和我們都是一模一樣的人，不過他們根本沒有意識到缺乏什麼。

沉睡不醒的人真是太多了。

幾年前，在一次乘火車的長途旅行中，我有意參觀了這個行進中的王國。我在這個王國裡關了三天，當了三天的囚犯，兩隻耳朵裡充滿了海水捲動卵石那樣的車輪滾動聲。我站了起來，在凌晨一點左右穿過了整列火車。臥鋪車廂是空的，頭等車廂是空的。

但是三等車廂裡，擠滿了幾百個在法國被解雇了的波蘭工人，他們要重新返回波蘭。我跨過他們的身體回到了走廊裡，然後停下來觀看。在這個沒有隔板、好像一個工人宿舍、散發出一股兵營或警察局氣味的火車車廂，我站在照明燈下，看著這一群亂哄哄的波蘭人被列車顛簸得東倒西歪、前仰後合。這是一群沉溺在噩夢之中要重新回到貧困中去的人。有幾顆剃光的肥大腦袋在木靠背椅上晃動。男人、女人、小孩都由右向左側轉，好像受到這些噪音、這些震撼的攻擊和威脅。他們在睡眠中也得不到安寧。

我覺得他們喪失了一半的人性，經濟浪潮把他們從歐洲的一個角落沖到了另外一個角落，丟下了北方的小屋子、小花園，還有我在波蘭礦工家的窗前看到過的三盆天竺葵。在他們那些鼓鼓脹脹、粗製濫造的包裹裡，僅僅收集了一些廚房的炊具、被褥和窗簾。但是，他們曾經撫愛和喜歡過的一切，在法國逗留四、五年期間馴養的貓、狗和栽培的天竺葵，就不得不捨棄了，他們只能隨身帶走這些廚房的炊具。

一個嬰兒在吮吸母乳，母親是那麼睏乏，已然沉沉入睡了。在這荒謬混亂的旅途上，生命也在傳遞。我打量了一下父親。他的頭顱像石頭一樣沉重和光禿。他睡得很不自在，裹在工作服裡面的身體，凸凹不平，縮成一團。這男人簡直就像一團泥，跟深更半夜躺在菜市場板凳上的那些窮人一個樣子。

我想，問題不在這種貧困、骯髒，與醜陋。因為這男人和女人從前初次相識的時候，男方肯定曾對女方微笑，下班之後肯定也給女方送過鮮花。男方靦腆木訥，生怕遭到拒絕。女方生性愛俏，自恃俊雅，樂於逗他不安。而今天，這個成了一部挖土機或釘釘子機器的男人，那時也可能因此而感到溫馨的不安。神祕的是他們竟然變成了兩團泥。他們曾經在哪一個可怕的模子裡待過？竟像被沖床沖壓了似的變了形。一隻老了的動物還能保持牠的風采，為什麼這個漂亮的人卻變得面目全非了呢？

我在這群人當中繼續我的旅行。他們的睡眠，就像烏煙瘴氣的地方那樣混濁。粗啞的鼾聲、含混的呻吟、半邊身子壓痛後翻身時大靴子的摩擦聲，會合成一股模糊的噪音，在空中飄蕩。而且還悄悄地伴隨著像海水捲動卵石時那樣的車輪滾動聲。

我坐在一對夫婦面前。孩子在父母之間好歹擠出了一個縫隙，他睡著了。他在睡夢中轉過身來，面孔顯現在照明燈下。啊！多麼可愛的臉蛋！這對夫婦生下了一枚金果。這一對笨手笨腳的人竟然養出了這麼一個天真可愛的孩子。我俯身注視著這光潔的前額，這兩片微微噘起的嘴唇。我想，這是一副音樂家的面孔，這就是童年時代的莫札特，這是有燦爛前途的生命。傳說中的王子跟他毫無區別：保護他、關心他、栽培他，將來他做什麼都有光輝的未來！

當花園裡培植出一種新品種的玫瑰時，所有的園丁都非常激動。我們可以把玫瑰移栽、培植，促其生長，但是沒有培養人的園丁。童年莫札特將會和其他孩子一樣被沖床打上同樣的烙印。在夜總會烏煙瘴氣的氛圍裡，莫札特會把腐朽的音樂視為最高的歡樂。莫札特也就完了。

我重新回到我的車廂。這些人一點也不為他們的命運感到難受。在這裡，使我痛苦的不是慈悲與否，也不在於對著一個永不癒合的傷口表示憐憫。帶著傷口的人並沒有感到傷痛。那麼，受到傷害的便不是個體，而是整個人類。我不相信憐憫。

使我痛苦的，是關於園丁的觀點，而不是貧困。畢竟是世人自己像在怠惰中一樣處之泰然。東方人世世代代都在匱乏之中生活，卻怡然自得。使我痛苦的，是給窮人施捨的菜湯所治不好的。使我痛苦的，不是這些弓腰，不是這些駝背，也不是這種醜陋，而是在所有這些人的身上，或多或少都有一個夭折了的莫札特。

只有讓智慧吹拂泥胎，才能創造大寫的人。

聖—埃克蘇佩里年表

一九〇〇年（誕生）

六月二十九日，聖—埃克蘇佩里（全名安托萬·德·聖—埃克蘇佩里）出生於法國里昂的一個貴族家庭。

父親讓·德·聖—埃克蘇佩里伯爵和母親瑪麗·德·馮斯科隆布育有五個孩子，他排行老三。兄弟姊妹的年齡相差無幾，彼此趣味相投。兩個姊姊也有作品出版。

八月五日，到聖莫里斯城堡（安省）度假。此後，童年的每一個假期都在這裡度過。

一九〇四年（四歲）

三月，父親突發腦溢血去世。

沒有固定收入的母親帶著五個孩子從里昂的公寓搬到了外祖父母的拉莫爾城堡（瓦爾省）居住。

整個冬天，全家都住在貝爾古爾廣場的阿姨家，來年四月，重回到拉莫爾城堡。

一九〇七年（七歲）

二月十二日，外祖父因感染西班牙流感去世。母親悲痛之下帶著孩子離開拉莫爾城堡，前往聖莫里斯生活。

一九〇八年（八歲）

進入里昂基督教學會修士會學習。

一九〇九年（九歲）

在祖父的邀請下，母親帶著他和弟弟、妹妹搬去勒芒，在祖父家附近租了一間小公寓生活。

十月，開始在聖克魯瓦耶穌會學校走讀學習，他的父親童年時也在這所學校就讀。

一九一〇年（十歲）

兄弟姊妹分散在勒芒和里昂，母親要時常往返於這兩座城市。

開始頻繁給母親寫信，這些信件在一九四九年被他的母親捐贈給法國國家檔案館。

在之後幾年從勒芒寄給母親的書信中，他寫道：

「我從六歲開始寫作。不是飛行讓我去寫書。我想如果我是礦工，可能我就會在地底下汲取經驗。如果我是學者，或許我會在圖書館裡……找到我的創作主題。」

一九一二年（十二歲）

暑假期間，常去聖莫里斯附近的昂貝略貝利埃弗爾機場。

七月底，不顧母親和阿姨的反對，跟隨飛行員加布里埃爾．弗羅布萊夫斯基—薩爾維茲乘坐了飛機。第一次體驗飛行的感覺，被其稱為「天空的洗禮」。

一九一四年（十四歲）

第一次世界大戰爆發，母親決定留在聖莫里斯。他和弟弟被送到城堡附近的蒙格雷聖母學校讀書，但很討厭那裡森嚴刻板的教學管理制度。

與同學創辦了一份報紙《初四回聲報》，負責卷首頁和詩歌專欄的寫作，並且憑藉〈帽子歷險記〉獲得年度最佳作文獎。但這份報紙只辦了一期就被學監停刊，其間還招來當地警察。

一九一五年（十五歲）

為了保護孩子不受戰爭波及，母親將他和弟弟弗朗索瓦送去弗里堡，之後兄弟倆進入聖讓別墅就讀，這個學校給予學生很大的自主權，整個學習氛圍很自由包容。

在這裡，結識了他一生的摯友夏爾·薩萊斯、馬爾克·薩布朗、路易·德·博訥維。開始大量閱讀杜思妥也夫斯基、波特萊爾、馬拉美等人的文學作品，這些作品為聖－埃克蘇佩里之後的創作鋪墊了極為豐厚的營養土壤。

一九一六年（十六歲）

不斷創作詩歌、音樂，並在學校劇團裡表演戲劇。

六月，前往巴黎參加高中畢業會考的文學部分考核，通過了拉丁語和希臘語寫作考試。

一九一七年（十七歲）

七月，通過高中畢業會考的哲學部分考核，並取得業士證書。這年夏天，十五歲的弟弟弗朗索瓦因病去世，之後的《戰爭飛行員》記述了這段哀痛的經歷。

九月，決定報考海軍學校，隨後在巴黎的博絮埃中學準備入學考試。用功讀書之餘，頻繁出入巴黎的劇院和招待會。

在阿姨舉辦的文學沙龍上，結識了加斯通·伽利瑪、安德烈·紀德等當時巴黎文壇的知名人物。

一九一八年（十八歲）

巴黎遭到空襲之後，轉移到布拉雷納市的拉卡納爾中學，繼續備考海軍學校。

一九一九年（十九歲）

六月，通過了海軍學校的筆試，但面試落選。

同年，創作了一系列詩歌，詩集取名《告別》。

一九二〇年（二十歲）

三次報考海軍學校失利後，以旁聽生的身分來到巴黎美術學院建築系就讀。卻時常不去上課，而是在馬拉蓋河岸的咖啡館裡寫詩或畫畫。

四月，母親的姑婆去世，將聖莫里斯城堡遺贈予母親瑪麗。

一九二一年（二十一歲）

四月，為實現飛行的夢想，應徵入伍。隨後以「空軍地勤人員」的身分被編入史特拉斯堡第二飛行隊。

之後自費報名了費用高昂的飛機駕駛課程。

六月十八日，第一次駕駛飛機。

七月九日，完成第一次單人飛行。
七月底，駕駛的飛機迫降——飛行生涯中的第一起事故。
八月，成為摩洛哥卡薩布蘭卡第三十七飛行團飛行員。
十二月，獲得軍事飛行資格證。

一九二二年（二十二歲）

一月，在伊斯特爾被授予見習飛行員資格。隨後在阿沃爾空軍學院就讀了四個月。
十月十日，被任命為預備役少尉。
十一月，加入布爾歇第三十四飛行團。

一九二三年（二十三歲）

春天，擅自駕駛一架他無權使用的飛機，意外失事，導致頭部骨骼受傷，在醫院休養十五天。
六月，服役結束想留在空軍，遭到未婚妻家人反對，只好妥協到工廠做了一名生產監督員。由於工作相當無趣，幾個月後選擇解除了婚約。

一九二四年（二十四歲）

五月，加入蘇勒卡車公司，經過兩個月的實習期，成為公司業務代表，經常出差卻沒有賣掉一輛車。

一九二五年（二十五歲）

四月，創作短篇小說《舞女瑪儂》和詩歌《永別》。

一九二六年（二十六歲）

四月一日，在雜誌《銀色海船》上發表短篇小說〈飛行員〉（《南方郵航》的雛形）。

七月，拿到公共運輸飛行員駕駛資格證。

十月，加入拉德高埃爾航空公司擔任開發部主管。如願以償成為駕駛員。

十二月五日，進行首飛，沿著土魯斯－阿利坎特－卡薩布蘭卡－達卡航線運送郵件。那時遇見的人和發生的故事成為後來《南方郵航》的素材。

一九二七年（二十七歲）

六月二日，姊姊因結核病去世。

十月，到達朱比角，擔任朱比角機場的負責人。

一九二八年（二十八歲）

開始學習阿拉伯語，與當地摩爾人首領建立聯繫，並從摩爾人手中救出了被俘的夥伴。

同年，寫完第一部長篇小說《南方郵航》。

一九二九年（二十九歲）

在巴黎遇見早些年結識的加斯通．伽利瑪，與伽利瑪簽約並出版了《南方郵航》。

十月，被任命為阿根廷郵航公司的負責人，負責開拓南美洲航線。

在布列斯特停留，學習了海軍軍官學校的航空高級課程，也掌握了夜間飛行的技能，並在布宜諾斯艾利斯創作了小說《夜間飛行》。

一九三〇年（三十歲）

三月二十日，駕駛飛機在十二個小時內橫跨布宜諾斯艾利斯與里奧戈耶斯省，破世界紀錄。

四月七日，由於卓越的民航貢獻，獲授「法國榮譽軍團騎士」的稱號。

六月，駕駛飛機營救在安地斯山脈失蹤的朋友吉奧麥。

九月，在布宜諾斯艾利斯法語聯盟的招待會上，遇見了二十六歲的孔蘇埃洛，對其一見鍾情。

一九三一年（三十一歲）

二月，從阿根廷回法國，安德烈．紀德答應為其新書《夜間飛行》寫序言。

四月十二日，在阿加伊與孔蘇埃洛結婚。

航政郵航總公司陷入財政醜聞，在無薪休假後，重拾飛行員工作，運送郵件。

十月，《夜間飛行》由伽利瑪出版社出版。

十二月四日，《夜間飛行》獲法國費米娜文學獎。

一九三二年（三十二歲）

二月，因生活拮据，開始沿著馬賽－阿爾及爾線郵航飛行。

八月，被調去飛卡薩布蘭卡－達卡航線。

一九三三年（三十三歲）

應聘法航飛行員失敗，繼續做拉德高埃爾公司的水上飛機試飛員。由於操作失誤，事故不斷。

十二月二十一日，差點在聖拉菲爾海灣喪生，因此終止了作為試飛員的工作。

為莫里斯．布爾代的作品《航空的偉大和束縛》作序，並創作劇本《安娜．瑪麗》。

同年，嬌蘭推出一款以《夜間飛行》為靈感的香水「午夜飛行」。

電影《夜間飛行》先後在美國和法國上映。

一九三四年（三十四歲）

十二月，獲得第一個發明專利——「基於光束放射的降落裝置」。

一九三五年（三十五歲）

遭遇嚴重的經濟困境，妻子搬到旅館居住。

春天，遇見了萊昂．韋爾特，並在《法國航空雜誌》上發表文章〈回憶茅利塔尼亞〉。

四月，被《巴黎晚報》派往蘇聯，之後寫下了六篇對蘇聯的報導文章。

五月十七日，成為首位登上二十世紀三〇年代最大飛機「馬克沁．高爾基」的外國飛行員。

秋天，擔任編劇的電影《安娜．瑪麗》開拍。

十一月，貸款買下一架飛機。被法航派往世界各地巡迴演講，駕駛飛機在地中海沿線飛了近一萬一千公里。

十二月二十九日，試圖打破巴黎－西貢航線的飛行紀錄。

十二月三十日凌晨，飛機墜毀在利比亞的撒哈拉沙漠腹地。

一九三六年（三十六歲）

一月二日，在利比亞沙漠走了三天之後，和同伴一起獲救。

一月三十日到二月四日，在《永不妥協報》上發表六篇系列文章，詳細描述了在沙漠遭遇的意外。這段經歷成為小說《人類的大地》的靈感來源。

七月，長達三年的西班牙內戰開始。

夏末，將《南方郵航》改編為劇本，由導演皮埃爾．比榮開拍。他跟隨攝製組，擔任飛行鏡頭的技術顧問，並作為臨時演員參與拍攝。

八月，前往巴塞隆納報導西班牙內戰，以〈血染西班牙〉為題發表了五篇文章。

十二月七日，朋友麥爾莫茲和全機組成員在海上消失，他據此寫下〈四十八小時的沉默後……〉、〈應該繼續尋找麥爾莫茲〉等多篇文章，發表在《永不妥協報》上。

一九三七年（三十七歲）

一月，發表〈致讓．麥爾莫茲〉。

二月，用在利比亞損毀的飛機的保險理賠金購買了另一架飛機。為法航開發西非新航線。

三月，《南方郵航》改編的電影正式上映。

六月，在《巴黎晚報》的派遣下再次前往西班牙戰地前線，結識了同被派駐在外的作家約瑟夫．凱賽爾和海明威。

一九三八年（三十八歲）

春天，回到法國，駕駛飛機從美洲最北到最南勘察航線。

二月十四日，飛機在瓜地馬拉失事，身受重傷，在醫院住了幾個星期。

康復期間，苦惱於身體苦痛、經濟拮据和婚姻危機，無法寫作。

基於美國出版社建議，開始創作《人類的大地》。

一九三九年（三十九歲）

一月二十九日，獲授「法國榮譽團軍官」。

三月，《人類的大地》在法國伽利瑪出版社出版，大受好評。

六月，《人類的大地》的英譯本《風沙星辰》在美國出版。

九月，申請進入空軍，由於超齡和多次事故，只能在地面擔任教學工作。

年底，如願加入第三十三飛行大隊第二中隊，執行偵察任務。

十二月，《人類的大地》獲法蘭西學院小說大獎。

一九四〇年（四十歲）

五月二十三日，在阿拉斯執行任務，這段經歷被寫進《戰爭飛行員》。隨著貝當政府宣布停戰，第三十三飛行大隊第二中隊在波爾多潰敗。

六月二十二日，駕駛一架快要解體的飛機與中隊幾名軍官飛往阿爾及爾。

七月三十一日，接到復員令。次月初，乘船返回馬賽。

開始寫新書《堡壘》，但仍然想回到軍隊。

十一月，離開法國，先後去了阿爾及爾、突尼斯、里斯本，最後在十二月二十一日登上去美國的船，鄰座剛好是法國導演讓．雷諾瓦。

一九四一年（四十一歲）

一月，在《紐約時報》公開聲明拒絕維琪政府的任命。

八月，受讓．雷諾瓦的邀請來到好萊塢，想要促成《人類的大地》改編成電影。因動膽囊手術，只能臥床。

十一月，返回紐約。

十二月七日，珍珠港事件爆發，因支持美國加入戰爭，向學生志願軍發表〈對美國青年的談話〉，表明人道主義原則要優先於對當前局勢的擔憂。

一九四二年（四十二歲）

二月，《戰爭飛行員》的英文版《飛向阿拉斯》在紐約出版。十一月，該書法語版由伽利瑪出版社出版，但遭到維琪政府查禁，一九四三年起，該書作為地下出版物流通。

五月，在美國編輯的建議下，開始寫一部給孩子的故事。

十月中旬，《小王子》完成，決定自己畫插圖，未能趕在耶誕節前出版。

十一月二十二日，在廣播節目中發表〈首先是法蘭西〉的演講，動員所有法國人集結在同一面旗幟下。

十一月二十九日，談話內容發表在《紐約時報》上，但遭到在美國的法國同胞嘲諷。

一九四三年（四十三歲）

四月六日，《小王子》的英文版和法文版在紐約出版，立刻大為暢銷。

四月，經過不懈努力，重回軍隊。

五月初，前往阿爾及爾，與第三十三飛行大隊第二中隊會合。

六月二十五日，升任指揮官。

在阿爾及爾，與藝術家、文學家來往交流，包括安德烈·紀德、菲利普·蘇波、安德烈·德蘭等。

九月，收到妻子託人帶來的《堡壘》手稿，繼續寫作。

一九四四年（四十四歲）

五月，〈給美國人的一封信〉作為前言在阿爾及爾的《方舟》雜誌上發表。《戰爭飛行員》第二版作為地下出版物在里爾出版。

五月十六日，在他的強烈要求下，重新執行飛行任務。

六月，多次在法國南部飛行偵察。

七月三十一日，去地中海地區和韋科爾上空偵察。到法國海岸線後，雷達接收的信號中斷。雷達一直試圖捕捉可能的生命信號，最終什麼都沒發現。這是他最後一次執行飛行任務，之後音信全無。

九月八日，聖-埃克蘇佩里被宣告失蹤。

一九四五年（去世後）

七月三十一日，在史特拉斯堡大教堂舉辦全國哀悼儀式。

九月二十日，獲授「為法國而犧牲」的稱號。

一九四八年

伽利瑪出版社出版《堡壘》。其他文字作品，包括《給媽媽的信》也在之後陸續出版，本人的傳記、回憶作品也陸續問世。

母親因兒子的死亡而沉浸在悲傷中，寫詩紀念兒子，致力於出版他遺留的手稿。

一九九八年

馬賽當地漁民捕魚時發現了一個銀手鏈，上面刻有聖-埃克蘇佩里本人的名字、他妻子的名字和在紐約的出版社地址。

二〇〇〇年

五月，所駕駛的飛機的一部分遺骸在馬賽海岸附近的地中海被發現。

二〇〇三年

飛機遺骸的身分得以確認，最終確認了死亡地點，但飛機墜落的原因依然不得而知。

作者簡介

安托萬・德・聖–埃克蘇佩里（Antoine de Saint-Exupéry, 1900-1944）

法國傳奇詩人、小說家、飛行員。

二十一歲應徵入伍，成為部隊飛行員，後因飛機失事身受重傷，加上未婚妻家人反對，離開空軍。二戰期間，重返空軍，在執行一次勘察任務時離奇失蹤，成為曠世之謎。

聖-埃克蘇佩里的飛行員生涯為他提供了創作靈感。一九二九年，他出版了根據飛行經歷寫成的第一部長篇小說《南方郵航》。一九三一年出版《夜間飛行》，同年，此書以壓倒性優勢獲法國費米娜文學獎，奠定了他在文壇的地位。一九三九年出版《風沙星辰》（《人類的大地》），獲法蘭西學院小說大獎。一九四三年出版暢銷全球的經典代表作《小王子》。

為紀念聖-埃克蘇佩里，法國政府將他和小王子的形象印上鈔票，國際天文學聯合會分別以他的名字和小王子所在的 B612 號星球給兩顆小行星命名。

譯者簡介

劉君強

湖南人，著名翻譯家，曾長期執教於北京大學。

一九五三年，考入北京大學西語系攻讀法國語言文學專業，畢業後留校教授法語。

一九六〇年，北京大學增設西班牙語專業，成為北京大學西班牙語專業的開創者之一。

一九七二年，回到故鄉湖南，為長沙鐵道學院外語系創建了法語專業。

代表譯作有《風沙星辰》、《夜航》（臺版譯名：《夜間飛行》）、《東方故事集》、《毒蛇在握》、《巴赫：世人稱頌的樂長》等。

他的一生，恰如他寫在臺案上的座右銘：「做人當自強不息，有所為有所不為；處世可默默無聞，不應碌碌無為。」

風沙星辰 / 安托萬．德．聖－埃克蘇佩里著；劉君強譯 . -- 初版 . -- 臺北市：時報文化出版企業股份有限公司，2025.01
224 面；14.8×21 公分 . --（愛經典；84）
譯自：Terre des hommes
ISBN 978-626-419-178-4（精裝）

876.57 113020343

本書依據 1939 年伽利瑪出版社出版的《人類的大地》（*Terre des hommes*）法語原文譯出，但據臺灣通行譯名，更名為《風沙星辰》。

作家榜®经典名著
★★★★★★★★★
读经典名著，认准作家榜

ISBN 978-626-419-178-4
Printed in Taiwan

愛經典 0 0 8 4
風沙星辰

作者－安托萬．德．聖－埃克蘇佩里｜譯者－劉君強｜編輯－邱淑鈴｜企畫－張瑋之｜美術設計－FE 設計｜校對－邱淑鈴｜總編輯－胡金倫｜董事長－趙政岷｜出版者－時報文化出版企業股份有限公司　108019 臺北市和平西路三段二四〇號四樓　發行專線－（〇二）二三〇六－六八四二　讀者服務專線－〇八〇〇－二三一－七〇五、（〇二）二三〇四－七一〇三　讀者服務傳真－（〇二）二三〇四－六八五八　郵撥－一九三四四七二四時報文化出版公司　信箱－10899 臺北華江橋郵局第 99 信箱　時報悅讀網－http://www.readingtimes.com.tw｜電子郵件信箱－new@readingtimes.com.tw｜法律顧問－理律法律事務所　陳長文律師、李念祖律師｜印刷－勁達印刷有限公司｜初版一刷－二〇二五年一月十七日｜定價－新台幣三五〇元｜（缺頁或破損的書，請寄回更換）